集英社オレンジ文庫

ポップコーン・ラバーズ

あの日出会った君と僕の四季

野村行央

本書は書き下ろしです。

イラスト／ヤマウチシズ

ポップコーン・ラバーズ

Popcorn Lovers

あの日出会った君と僕の四季

プロローグ

友人の吉岡《よしおか》とは、大学に入ってから知り合った。所属は、僕と同じ工学部である。共通科目の講義で席が隣同士になり、一緒に課題に取り組んでいるうちに、少しずつ、大学の外でも行動を共にすることが増えていった。高身長と筋骨隆々《きんこつりゅうりゅう》の肉体と山男のようなひげ面《づら》が災いして、一見、かなり怖そうではあるのだが、話をしてみれば、なかなか面倒見のいい性格をしている。

吉岡は高校三年生のとき、進路指導の先生から、「君が志望している大学は、受験したところでまず受からないだろうから、無駄なことはしないほうがいい」と言われたそうだ。彼の説明によると、「受験はいちかばちかのギャンブル」だったらしいが、そこで見事に「合格」という結果をつかんでしまうのが、吉岡という男のすごいところだと思う。僕だったら、無理だと言われた時点で、素直に志望校のランクを下げるだろう。

何かと内にこもる傾向のある僕とは違い、吉岡の交友関係は広く、そのつてで、色々なアルバイトを紹介してもらった。スーパーやコンビニの店員といったスタンダードなものから、犬の散歩や結婚式の代理出席のような変わり種まで、彼は様々な仕事を、僕に斡旋《あっせん》してくれた。学費は完全に親頼みだったが、生活費は自分で稼ぐということになっていたため、これは本当にありがたかった。もともと散財するタイプではないので、そこまで生活に困りはしなかったものの、大学入学を機に借りた木造アパートの角部屋で、僕は細々と質素に暮らしていた。そんな僕を気遣ってか、吉岡は定期的に部屋を訪れて、酒や食料を提供してくれた。全く、できた友人である。

一番長くやっていたのは、スーパーの店員だった。店長が学生に対して理解のある人で、課題に追われているときはシフトの融通を利かせてくれたこともあり、これは一年半くらい続けていた。めちゃくちゃ稼げるというわけではなかったものの、金銭以外の部分に魅力を感じていたのである。しかし、不況のあおりを受けて、今年の年明け早々、そのスーパーが閉店することになってしまった。

そこで僕は、アルバイトの情報を得るべく、大学の掲示板に通うことにした。しかし、一カ月を過ぎ、二カ月を過ぎても、なかなかめぼしいものが見つからない。困った僕は、何か心当たりはないだろうかと、吉岡が僕の部屋を訪ねてきたときに聞いてみた。なけなしの貯金を切り崩しつつ日々を過ごすのにも、そろそろスリルを覚えてきた、三月の半ばのことだった。

「森園《もりぞの》の頼みとあらば、断るわけにはいかないな。まあ、ないこともないぜ。ちょっと

【いわくつき】ではあるけど、背に腹は代えられないって状況だろう？　そうだよな？」

「何だ？　どういうことだよ？」

「いいから、ついてきなって」

六畳一間の真ん中であぐらをかいていた吉岡は、そう言って立ち上がると、僕をとある場所まで案内した。道すがら、彼は携帯電話でどこかに連絡を取っていた。ええ、見つけましたよ。俺の友人で、男です。まあ、ちょっと愛想がないところもありますけど、結構、義理堅い奴《やつ》なんで、役に立つと思いますよ。ええ、ええ、約束します……。彼の言葉を耳にして、僕は不安になった。

「なあ、吉岡、危険な仕事じゃないだろうな？　必要以上に肉体を酷使する労働は、僕には向いていないぞ」

「安心しろ。悪いようにはしないから」

「本当かよ……」

吉岡の先導でたどり着いたのは、僕の住んでいる木造アパートからしばらく歩いたところにある、小さな映画館だった。若者向けのバーや居酒屋が密集しており、夜になると何かと騒がしい駅前通りの一角に、その映画館――【ボニー＆クライド】――はあった。まだ夕方ともいえないような早い時間帯だというのに、建物の二階部分にかけられた看板の電飾が点灯しており、誇らしげに館名を主張している。大学入学を機に一人暮らしを始めてもうすぐ二年になるが、このあたりに足を踏み入れたことは、数えるほどしかなかった。

「この前、ここでバイトしてるサークルの先輩と、飲む機会があってな。人手が足りないんだとさ。ほら、お前の趣味、映画鑑賞だっただろう？　なら、もってこいじゃないか」

「まあ、それは確かに、そうだけれど……」

　看板の下には、上映中の映画を紹介するパネルがはめ込まれていた。少し離れたところから、僕はそれらを確認したが、どうやら、どれもマイナーな映画のようである。少なくとも、テレビのコマーシャルでタイトルを目にしたことがあるものは、一つもない。確かに、映画を観《み》るのは嫌いではなかった。しかし、こういった【知る人ぞ知る】みたいなミニシアターに通い詰めるほどのマニアではないのだ。僕のようなライトな映画ファンは、ディープな愛好家たちからすれば、最も忌み嫌われる存在ではないだろうか。

「おい、どうかしたのか？」

「いや、その、こう、心の準備というか……」

「はあ？　何びびってんだよ。さっさと中に入るぞ」

　吉岡はからかうようにそう言うと、立ち止まっていた僕の手を引っ張った。すると、次の瞬間、建物の入口に集まっていた鳩《はと》の群れが一斉に羽ばたき、僕たちのほうに向かってきた。平和の象徴であるはずの鳩に追いまくられて、僕たちは散々逃げ惑った。何だか【アルフレッド・ヒッチコック】の【鳥】みたいだな、と思った。

第一章　スプリング・ファントム

　四月に入ると、僕は【ボニー&クライド】でのアルバイトを開始した。吉岡《よしおか》の言う通り、背に腹は代えられない状況だったし、それに、【ボニー&クライド】の支配人──笹川幸《ささがわこう》太郎《たろう》さんという名前だ──に、「で、森園《もりぞの》君は、いつから入れそうなのかな？」と、対面するなり詰め寄られてしまい、もう、断れるような感じではなかったのだ。はっきり言って、僕は場の雰囲気に流されるタイプの人間である。そのような自覚があるからこそ、なるべく、一人でいる時間を多く取るようにしているのだ。

　アルバイトの初日に、僕はスタッフルームに通され、笹川さんから、【ボニー&クライド】に関する話を聞いた。

　館名にもなっている【ボニー&クライド】は、二階建ての建物の中にある、二つのスクリーンの呼称だった。【シアター・ボニー】と【シアター・クライド】。客席数は、どちらもきっちり百。数十年という歴史があり、何度も閉館の危機にさらされてきたらしいが、少ないながらも、熱心なリピーターがいるため、今でも興行を続けることができているという。

「時々ね、自主制作映画の上映会をやったりもするんだ。ミニシアターとはいえ、やっぱり、映画館での上映には、憧れを持っている人も多いんだろうね。募集をかけると、結構、色々なところから、申し込みがあったりするんだよ」

笹川さんは、三十を過ぎるまでは、都内の商社で働いており、わざわざ脱サラして、【ボニー&クライド】の支配人になったらしい。何でも、前の支配人と、古くから親交があったそうだ。「今から二十年くらい前のことだよ」と笹川さんは付け加えた。ということは、笹川さんの年齢は、五十代前半といったところだろうか。

スタッフルームのテーブルを挟んで、僕たちは向かい合っていた。テーブルの上には、紅茶の入ったカップが二つ、置かれている。笹川さんの奥さん——翔子《しょうこ》さんという——が、淹《い》れてくれたものである。そう、笹川さんは、既婚者なのだ。その証拠に、彼の左手の薬指には、銀色の指輪がはめられていた。

笹川さんは、支配人、という言葉にふさわしく、穏やかな喋《しゃべ》り方をする人で、品の良さが感じられた。高そうなグレーのスーツに身を包んでおり、何でも、笹川さんの体型に合わせてつくられた特注品だという。袖口《そでぐち》の金色のボタンも、しゃれた光り方をしていた。対する僕はといえば、くたびれたパーカーにくたびれたジーンズという格好で、金欠の学生にふさわしく、くたびれた野暮ったさが感じられた。妹の美琴《みこと》がこの場にいたら、「大学の三年生になっても、まだ服装に気を遣えないわけ？　そんな有様だから、女の子にもてないんだよ」と、まるで自分が世界中の女性の代表であるかのように、僕のことを罵倒《ばとう》しただろう。

「森園君には、チケットやグッズの販売、それから、館内清掃やお客さんの誘導をやってもらおうと思ってる。シネコンとか、もっと大きなところだったら、細かく分担されているんだけど、何せうちはミニシアターだからね。まあ、いきなり難しいことは要求しないつもりだし、あまり心配しないで大丈夫だよ」

「助かります。ありがとうございます」

「そうだ、森園君は、お客さんとして、ここに来たこと、あるんだっけ？」

「いえ、実は、一度もないんですよ。そこがですね、どうにも心苦しいというか……」

「ははは、いいよ、いいよ、そんなに恐縮しなくても。今は娯楽も多種多様だし、そういうものだと思うよ。じゃあ、ざっと館内を案内しておこうかな」

笹川さんの態度は、あくまで紳士的だった。僕はほっとした。問答無用でつまみ出されたらどうしよう、と内心ではかなり不安だったのである。

笹川さんに連れられて、建物の中を歩いた。スタッフルームは一階の奥まったところにあり、絨毯《じゅうたん》の敷かれた廊下に出て、道なりに進むと、チケットカウンターにたどり着く。

グッズ売り場はその横だ。チケットカウンターもグッズ売り場も、通行人が外からでも確認できるようにするためか、建物に入ってすぐのところに設置されていた。

　そこを通り過ぎ、さらに奥へ向かうと、突き当たりに階段がある。踊り場を経由して、二階に上がると、重々しい両開きの扉が、二つ並んでいた。手前が【シアター・ボニー】で、奥が【シアター・クライド】だそうだ。上映時間が近づくと、扉の前にスタッフが立ち、お客さんの誘導を行いながら、チケットの確認をすることになっているのだという。

「照明が絞られているせいか、雰囲気がありますね。何だか、これから非日常的なことが始まりそうだ、という感じがします」

「そう言ってもらえると、嬉《うれ》しいな。狙った通りの効果だよ。映画というのは、まさしく、非日常に触れるためのものだからね。森園君は、好きな映画って、何かある？」

「そうですね……、何度も鑑賞しているのは、【ラジオ・デイズ】とか、【アニー・ホール】とか……」

「もしかして、【ウディ・アレン】が好きなのかい？」

「いや、それが、そういうわけでもないんですよね。何というか、誰が撮ったのかとか、誰が出演しているのかには、そんなにこだわりがなくて」

「監督や役者の名前が知られていることと、作品が素晴らしいかどうかは、関係がないってこと？」

「まあ、そこまで大層な意見でもないですが……、たぶん、作品の波長が、自分に合っているってことじゃないですかね」

笹川さんは、【シアター・ボニー】の扉を押し開いて、中に入った。遅れないよう、僕もあとに続いた。

客席数が百しかない割には、かなり広いな、と思った。席と席の間隔が、広く取られているからだろう。そうなると、必然的に、広い空間が必要になるというわけだ。隣の人への配慮を気にしなくて済むのは、お客さんにとって、嬉しいことかもしれない。

どの座席も、こちらに背を向けていた。先ほど入ってきた両開きの扉の位置からだと、前方がスクリーンである。今は上映中ではないので、緞帳《どんちょう》が下りていた。緞帳の手前まで行ったところで振り返ると、客席の後ろの高い位置に、ガラスの仕切りがあるのが見えた。

「あそこから、スクリーンに映像をうつすわけですか？」

「うん、そういうことだね」

「映写室っていうんですよね？」

「詳しいじゃない、森園君」

客席の後ろにスタッフ用の扉があり、そこから映写室に入れるようになっていた。スタッフ用の扉と映写室は、急な傾斜の階段でつながっており、映写室には、巨大な映写装置が部屋の真ん中に置かれていた。年代ものの機械なので、扱いが難しいらしく、アルバイトの人間には任せず、普段は笹川さんと翔子さんが、映写を行っているそうだ。映写室の床には、太いものから細いものまで、無数のケーブルが這《は》いまわっており、僕はその一本につまずいて、危うく転びそうになった。

「さて、今日はこれくらいにしておこうかな。仕事のやり方については、私や翔子に聞いてもいいし、他にもアルバイトのスタッフがいるから、わからないことがあったら、まずは……」

　両開きの扉から廊下に出ると、笹川さんは、そのまま階段を下りていこうとした。「待ってください」と引き留めると、彼はゆっくりとこちらに向き直った。

「あの、【シアター・クライド】のほうは？」

　廊下の奥を指差して、僕は尋ねた。ああ、と笹川さんは曖昧《あいまい》な笑みを浮かべた。何だか、ばつが悪そうな表情だった。

「今はね、そっちでは上映をしていないんだ。しばらくは、その、自粛《じしゅく》したほうがいいんじゃないか、と思ってね」

「自粛？　どうしてですか？」

「……一時期、かなり騒がれたりしていたんだけど、もしかして、森園君は、知らないのかい?」

「え?」

「殺人事件さ。殺されてしまったんだよ。ここでアルバイトをしていた、スタッフの女の子がね」


その事件が起きたのは、今年の一月の第二月曜日のことだった。世間的には、各地で成人式が行われており、僕も地元の式典に参加するため、慣れないスーツに袖を通して、帰省していた。全国的に雪が降っており、式典の会場では寒さに震えていたことを、よく覚えている。

殺されたのは、明神《みょうじん》みなもという名の女性だった。年齢は二十一歳で、僕の一つ上である。彼女は、S大——僕の通っている大学だ——の文学部の学生だったそうだ。【シアター・クライド】で発見されたとき、彼女の首には、細長いロープのようなもので絞められたあとがついていたらしい。自殺でないことは明らかだった。つまり、彼女は何者かによって、絞殺されたのである。

「で、明神みなもを殺した犯人は、いまだに捕まっていない……、と。【いわくつき】とか言っていたのは、要するに、このことだったわけか」

大学の食堂で吉岡と会い、話をした。昼時のピークを過ぎた食堂は薄暗く、人影もまばらだった。吉岡は一杯三百円の醤油《しょうゆ》ラーメンを一口すると、「まあ、ばれないはずがないわな」と苦笑した。

「そういう情報は、先に教えてもらわないと困るんだよ。正直、殺人事件のあった場所で働くのは、あまり気分のいいものじゃないぞ」

実のところ、S大の学生が、何らかの事件に巻き込まれた、という噂《うわさ》話は、僕も耳にしていた。しかし、その事件の現場が【ボニー&クライド】であることまでは、把握していなかったのである。

「でもなあ、そもそも、人が死ぬのなんて、珍しくも何ともないだろう？　明神みなものの場合は殺人って話だから、ちょっと特殊かもしれないけどな、俺たちがこうやって駄弁《だべ》ってる間にも、間違いなく、どこかで誰かが死んでいってるわけじゃないか。それが気になるかどうかは、要するに、その死んでいった人間が、自分と近しい関係にあったかどうかってことだよな。そこを踏まえた上での質問だが、森園は、明神みなもと、面識があったのか？」

「いいや、全然」

「そうだろう？　知り合いでも何でもない人間のことなんて、気にするだけ損だと思うぜ。生きてる人間が、死んでる人間に縛られるだなんて、それこそ、おかしな話だろうが。俺はな、いつも使ってる路線で人身事故が起きたからって、明日からは別の電車に乗ろう、なんて考えたりしないぞ」

　吉岡は割《わ》り箸《ばし》の先を僕のほうに向けて、持論を展開した。世話好きである一方で、結構、ドライな考え方をする奴《やつ》なのだ。知り合いが多いとなると、ある程度は、こういった割り切りも必要になるのかもしれない。

「たとえば今日、僕が死んだとしても、お前はそんなこと、すぐに忘れて、面白おかしく、明日からの日々を過ごしていくんだろうな……」

　窓の外の曇り空を眺めながら、僕はそう言ってみた。吉岡は不敵に笑い、意味ありげに親指を立てた。

「馬鹿《ばか》言うな。そんなわけあるか。毎晩、枕を涙で濡《ぬ》らす自信があるぜ」

「ああ、そうかよ。そいつは光栄だな」

　吉岡がラーメンを食べ終えると、僕たちは図書館に向かった。そこで、吉岡が所属しているサークルの先輩――【ボニー&クライド】で働いているというアルバイトの男性――

に引き合わせてもらい、その後、【ボニー&クライド】まで一緒に行くことになっていたからである。昨日は笹川さんから概要説明を受けただけで終わったので、今日こそが、僕にとって、本当のアルバイト初日だった。

食堂と図書館はキャンパスの端と端に位置しているため、歩くとかなり時間がかかる。S大のキャンパスの広さは有名で、全国的にもトップクラスらしい。何せ、キャンパス内に川と橋があるくらいなのだ。夏休みになると、ごく普通にキャンプをしている学生もいて、キャンパス内にテントが張られているのを見たときは、かなり面食らったものである。

メインストリートを吉岡と歩いていると、おそらくは下級生であろう集団とすれ違った。「体験入部」とか「入学式」といった単語が聞こえてきたから、きっと、新入生だろう。メインストリートに沿って植えられた桜の木は、すでに満開を過ぎて散り始めていた。桜の花というのは、何だかポップコーンの形に似ているな、と見るたびに思う。風に乗って飛んできた桜の花びらを払う新入生たちの姿は、この時期ならではのものだった。

「そういえば、そのサークルの先輩って？　アウトドア研究部？　それとも、カンフー研究部？」

「いや、映画研究部だ」

「え？　吉岡って、映画研究部の所属だったたっけ？」

「ああ、今年に入ってからの話、だけどな」

「……三つもサークルを掛け持ちだなんて、大したもんだよ、全く」

「まあ、実際は、飲み会があるときに声をかけてもらうくらいで、ほとんど、幽霊部員みたいなものなんだけどな」

　そのサークルの先輩とやらが、映画研究部に所属するほどの熱心な映画好きであるならば、【ボニー&クライド】でアルバイトをしているということにも、納得がいく。S大の映画研究部は、年に一度の学園祭に合わせて、自分たちの撮影した映画の上映会を開いている。吉岡は、カンフー研究部を代表して撮影に協力しているうちに、勧誘を受けたのだという。

　ちなみにその映画は、学園祭のときに、僕も観《み》た（というか、吉岡に無理やり上映会場の講堂に拉致《らち》された）。主人公の体育学部の学生が、S大のキャンパス内で起こる怪事件の真相に、ひたすら身体能力を生かして迫っていくという、非常にわかりやすいアクションものだった。吉岡の役どころは、S大を裏から支配することを企《たくら》む、悪のカンフーマスターである。いかつい吉岡の外見は、悪役にぴったりだったのだろう。

　煉瓦《れんが》造りのしゃれた図書館に到着すると、僕たちは認証機に学生証をかざして、中に入った。ロビーで待ち合わせということになっていたはずだが、目当ての人物がいないらしく、「おかしいな、入口のところにいるって話だったのに」ときょろきょろしながら、吉岡は奥の閲覧《えつらん》スペースに向かおうとする。「とりあえず、ここで待っているからな」と彼の背中に声をかけて、僕はロビーのソファに身を沈めた。

図書館は三階建てなのだが、それぞれの階層は、ロビーにある螺旋《らせん》階段でつながっていた。ロビーは吹き抜けになっており、身を沈めたソファから見上げた天井は、かなり遠かった。見上げたついでにぐるりと首を回すと、壁際にあるラックが視界に入った。

僕はソファから立ち上がり、ラックに歩み寄った。高さ二メートル、幅一メートル五十センチくらいのラックが三台並べられており、そこには、S大の図書館が所有している映像資料——ビデオテープやDVDやブルーレイディスク——が収められていた。ケースのラベルを見ると、学術的な価値のあるものが置かれているようだが、それでも、ラックの半分は、映画やコンサート映像などの娯楽関連だった。著作権の関係とかで、貸出の対象にはなっていないけれど、ラックの横にディスプレイとプレイヤーが置かれており、内容を確認するための環境が整えられていた。

僕はある企みを思いつき、それを実行に移すことにした。ラックの中から、恋愛映画としか表現しようのない恋愛映画を探し出し、吉岡に勧めるのだ。ケースのあらすじに目を通すだけで、恋人のいない吉岡は、かなりの精神的ダメージを受けるだろう。恋人がいないのは僕も同じなので、僕にとってもかなりの精神的ダメージではあるのだが、その点は、この際、無視だ。【ボニー&クライド】に関する重大な情報を伏せていたことに対する、ささやかな抗議のつもりだった。

コメディタッチのものよりは、シリアスな内容のほうが、一層、心をえぐることだろう。僕の脳裏をよぎったのは、【ゴースト／ニューヨークの幻】だった。最愛の人との死別を中心に据えた、堂々たるラブロマンスである。

「ゴースト、ゴースト、ゴースト……」

口に出してつぶやきながら、僕はラックを物色した。しかし、レンタルショップとは違って、五十音順に並んでいるわけでもなく、また、細かくジャンル分けされているわけでもないため、なかなか見つからない。仕方がないか、と諦めかけたところで、かたん、と音がした。振り返って足元を確認すると、そこに落ちていたのは、【パトリック・スウェイジ】と【デミ・ムーア】が抱き合っているパッケージで、それはまさしく、僕が探していた【ゴースト／ニューヨークの幻】のＤＶＤだった。

重力に負けて、ラックから滑り落ちてきたのだろうか。妙な偶然もあるものだ、と思いながら、かがんで拾い上げると、ロビーには僕一人しかいなかったはずなのに、すぐそばに女性が立っていた。黒髪のショートカットで、整った顔立ちの美人である。ぱっちりとした大きな瞳が、僕を見つめていた。完全に目が合ってしまい、そのまま数秒間、僕は静止していたが、自分が手にしているＤＶＤのことを思い出し、急に恥ずかしくなった。

「ああ、これは、その、何も僕の趣味というわけではなくてですね、普段はもっと、こう、渋いヒューマンドラマとか、どんでん返しのあるミステリーとか、そういうもののほうが、好みなんですが……」

うだうだと言い訳めいたことを僕が喋り出すと、彼女は自分の口元に手を当てた。明らかに、驚いた、という表情をしていた。

「おい、何してるんだ、森園？」

肩を叩かれたのでそちらを向くと、吉岡と、その後ろの丸眼鏡をかけた男性が、不思議そうに僕を見ていた。何をしているのか、と問われたところで、正直に答えるわけにもいかず、「いや、別に」とか何とか言いながら、僕は強引にラックに隙間《すきま》をつくって、そこにＤＶＤを押し込んだ。

「あのな、独り言だったら、もっと、小声にしたほうがいいぞ。公共の場では、なるべく控えたほうがいい。不思議ちゃん扱いされたくなかったらな」

「ああ……、え？　独り言？」

吉岡に指摘されてあたりを見回すと、確かに、僕たち以外の人間は、ロビーにはいなかった。先ほどまで僕のそばに立っていた女性は、あらわれたときと同じように、いつの間にか、どこかに姿を消していた。

丸眼鏡の男性は、宍戸《しど》敦司《あつし》さんといって、経済学部の四年生だった。吉岡に負けないくらいの高身長だが、彼とは違ってひょろりと細長い体つきなので、何だか、おしゃれなレストランなんかに置いてある、丈の高い帽子スタンドみたいだな、と思った。待ち合わせの時間が過ぎていることに気づかず、図書館の奥で、講義に関する調べ物をしているところを、吉岡に発見されたそうである。

簡単に自己紹介を終えたあとで、僕と宍戸さんはバス停に移動し、タイミング良くやってきた、駅前方面に向かうバスに乗り込んだ。これから出席しなければならない講義のある吉岡とは、図書館の入口で別れた。僕たちはバスの一番後ろの席を選んで座った。

「いやあ、悪かったね。去年、レポートの点数が悪くて単位を落とした講義なもんだからさ、さすがに今度は失敗できないなって思ったら、つい、熱が入っちゃって」

「まだ四月なのに、宍戸さん、もう、単位の心配をしているんですか？」

「ああ、まあ、俺、四年生だからね。就職活動で県外に出る機会が増えたから、講義に出席できないことも多いし、そうなると、レポートの完成度が、がぜん重要になってくるわけだ。とはいえ、生活費のために、アルバイトもやめられないわけで、とにかく、時間がない。何というか、もう、常に焦っているような感じだよね」

「そして、サークルにも顔を出している、と」

「何事にも息抜きは必要だよ、森園君」

「大変そうですね……」

「森園君も、三年生だからって、安心してる場合じゃないと思うよ。早い奴は、三年生のときから、もう、動いてるしね。インターンシップとかに参加して、企業の採用担当者との人脈をつくったりしてさ」

「ええー、本当ですか？　何か、信じられないなあ……。僕、まだ、進学か就職かも決めていないですよ」

「吉岡君とは、そういう話はしないの？」

「したことないですね。あいつはあいつで、何か思うところがあるのかもしれませんが」

「そのうち、嫌でも、色々と考えるようになるよ。いざとなったら、アルバイト先で準社員扱いにしてもらおうかなとか、弱気なことも、本当に、色々とね」

「怖いなあ、もう……」

細身でシャープな顔立ちの宍戸さんは、どことなく、神経質そうな感じがしたのだが、結構、話好きな人のようである。僕が気を回さなくても、あれこれと話題を提供してくれて、終点のバス停まで、気まずい沈黙に悩まされることもなかった。

バスを降りると、「ちょっとついて来て」と宍戸さんに言われた。カラスがゴミ袋を漁っているのを横目で見ながら、うらぶれた細道を進んでいくと、【ボニー&クライド】が入っている建物の裏口にたどり着いた。建物の裏口の前は、数台ほどの車が停《と》められる駐車場で、裏口のドアには、ボタンを押して解除するタイプの錠がつけられているのだが、【ボニー&クライド】で働いているスタッフには、暗証番号が伝えられているので、そこから入ることができる。暗証番号は、昨日、僕も笹川さんから教えてもらったばかりだった。裏口のドアを開けると、そこはスタッフルームになっている。わざわざ表口のほうに回る手間が省けるので、アルバイトのときは、このルートを活用させてもらおう、と思った。

実質的な仕事は今日が最初だから、と宍戸さんが配慮してくれたのだろう、労働らしい労働は、【シアター・ボニー】の清掃くらいのもので、あとはずっと、チケットカウンターの丸椅子《まるいす》に座っていれば良かった。発券機を操作して、料金と引き換えにチケットを渡しているだけで、この日の業務はあっという間に終了した。

「森園君、お疲れ様。どうだった？　この仕事、やっていけそう？」

「接客はちょっと緊張しましたが……、まあ、何とか」

「それは良かった。きっと、すぐに慣れると思うよ」

アルバイト中は、【ボニー&クライド】のロゴが入った黒いエプロンを身につけることになっているのだが、それをスタッフルームのロッカーにしまったあとで、僕は笹川さんと話をした。今日は、わざわざ僕のために、歓迎会を開いてくれるという。歓迎会ということは、つまり、僕は代金を支払う必要がないということである。いやしくも確認したので、間違いない。代金を支払う必要がないのなら、僕が断る理由は何もないわけで、ありがたく、笹川さんの誘いを受けることにした。

スタッフルームには翔子さんもいたが、ソファに腰掛けているのは、僕と笹川さんだけだった。翔子さんは笹川さんの後ろに立ち、僕たちの話を微笑《ほほえ》みながら聞いていた。

改めて、翔子さんの姿を観察してみた。何だか、年齢不詳の風貌《ふうぼう》である。極端に口数が少ないこともあって、いまいち、人となりがつかめないから、そう感じるのだろうか。笹川さんが五十代なら、翔子さんもそれくらいなのではないか、と思うが、女性の年齢は、僕にはよくわからない。薄く化粧を施《ほどこ》した細面《ほそおもて》の顔は、もっと上のようにも、もっと下のようにも見えた。腰まで届くほどの長い黒髪を、昭和の女学生みたいな三つ編みにしているから、そういった奇妙な印象を受けるのかもしれない。笹川さんに合わせているのか、彼女もグレーのパンツスーツだった。彼女のスーツも、やはり特注品なのだろうか。彼女の左の薬指には、笹川さんと同じく、銀色の指輪が光っていた。

トイレに行っていた宍戸さんが戻ってくるのを待って、僕たちはそろって出発した。

【ボニー&クライド】から少し歩いたところに、個人経営の居酒屋があり、笹川さんの名前で、四人掛けのテーブル席が予約されていた。おそらく知り合いなのだろう、笹川さんも翔子さんも、カウンターの中にいた店主らしき男性と言葉を交わしていた。

店内では、意識を傾けなければ聞き取れないくらいの絶妙のボリュームで、音楽がかけられていた。チェーンの居酒屋みたいな浮ついた騒々しさもなく、とても居心地が良かった。この店の売りであるという串焼きと刺身も美味《おい》しくて、そんなに強いほうではないのに、かなりのペースでお酒がすすんだ。

「あの、実は一つ、気になることがあってですね……」

宴も半ばといったところで、ほろ酔い気分になっていた僕は、そう切り出した。その事態は、僕が一人でチケットカウンターにいるときに発生した。

午後五時を過ぎた頃のことである。机の引き出しに入っていた、公開中の映画のパンフレットを眺めていたら、「お兄さん、新しく入った人？」と声をかけられた。相手も見ずに、「ええ、今日からなんですよ」と答えてから顔を上げると、窓口に立っていたのは、小柄な少年だった。丸椅子に腰掛けた僕と目線の高さが同じで、大きなキャップを前後逆にかぶっていた。

「次の上映は、一時間後だけれど……、もしかして、君、一人？」

一応はお客様であるから、敬語を使うべきなのだろうが、どう見ても年下だったので、つい、気が緩んだ。キャップの少年は首を横に振った。一人ではないということではなくて、映画を観に来たのではないという意思表示なのだと、すぐにわかった。なぜなら【シアター・ボニー】で次に上映されることになっていたのは、R指定のヤクザものだったからである。少年はしばらく黙っていたが、「みなもさんは？」とふいに言った。

「え？」

「みなもさんは、今、いないの？」

問いかける彼の目は、真剣そのものだった。みなもさんというのは、当然、明神みなものことだろう。何と答えたらいいものか、僕が迷っていると、「やっぱり、そうなんだね」と少年は下を向いた。

「みなもさんは、もう、おれのことなんか、どうでも良くなったんだ。だから、会ってくれないんでしょう？　ねえ、そうなんでしょう？」

「いや、それは……」

「あんまりだよ。こんなのってないと思う。ひどいよ。みなもさんは、大嘘《おおうそ》つきだ」

少年はそう言い捨てて、その場を立ち去った。怒りと悲しみが半々、といった声音《こわね》だった。

「それはきっと、きっと、健斗《けんと》君だな」

隣に座っていた宍戸さんが腕組みをした。僕の対面の笹川さんも、彼の隣の翔子さんも、うなずいて同意を示した。

「健斗君？」

「相馬《そうま》健斗君。近所の小学校のサッカー少年なんだけど、時々、【ボニー＆クライド】に来てたんだ。明神が、まだ生きてた頃にね。健斗君は、彼女になついてたから。今は確か、小学四年生だったかな」

宍戸さんの説明によると、明神みなもは、勤務中の休憩時間を利用して、よく健斗君の相手をしていたらしい。健斗君はこの町のサッカークラブに所属しており、明神みなもは、週末になると、彼の出場する練習試合を見に行っていたそうだ。彼女は健斗君を弟のように可愛《かわい》がり、健斗君もまた、彼女を姉のように慕っていたという。

「深く聞いたことはなかったけど、どうやら明神は、あまり幸せな幼少期を送ってなかったみたいでね。どこにも居場所がないように思えて、いつも孤独な気持ちを味わっていたとか、何とか……。だからこそ、通じ合うものがあったのかもしれないな。健斗君のご両親は共働きで、ほとんど家にいないそうだよ。彼もきっと、さみしい思いをしてるんだろう」

「健斗君は、その……」

僕が言いよどむと、「そう、そこが困ったところなんだよな」と宍戸さんは長く息を吐いた。肺の中にたまっている空気以外の別のものを、外に出そうとしているようだった。

「明神が殺人事件の被害者になってしまったことを、健斗君は知らないんだ。俺もどうしても本当のことが言えなくて、【ボニー&クライド】に来た彼に、何度か悲しい顔をさせてる。一体、どうするのがいいんだろうね。このままひたすら時間が解決してくれるのを待つのか、それとも……」

宍戸さんはそこで言葉を切り、シャツの胸ポケットから携帯電話を取り出した。しばらくの間、彼は携帯電話を操作していたが、やがて、「明神と健斗君は、本当に仲が良かったんだ」と画面を僕のほうに向けた。

画面に表示されていたのは、携帯電話のカメラに向かってピースをしている、男女の写真だった。撮影場所は、【ボニー&クライド】のチケットカウンターの前である。片方は、今日と同じように、大きなキャップを前後逆にかぶった健斗君だった。そして、もう片方は――。

僕は椅子から立ち上がった。「どうしたんだい、急に」と宍戸さんに言われて我に返り、「いえ、何でもありません」と慌てて腰を下ろした。笹川さんも翔子さんも、不思議そうに僕を見ていた。

健斗君の隣に立っている女性に、見覚えがあった。

黒髪のショートカット。

整った顔立ち。

ぱっちりとした大きな瞳。

僕が今日、S大の図書館で遭遇した女性だった。

理解しがたい事態に直面した僕は、とりあえず、何かの勘違いだったということにして、数日を過ごした。しかし結局、殺人事件の被害者――明神みなも――の魂《たましい》のようなものが、天に召されずこの世にとどまり続けているという可能性について、深く考え込むことになった。考えざるを得なかった、ともいえる。

フィクションの世界では、そう珍しくない設定だと思う。映画はもちろんだが、小説や漫画やアニメなど、様々な創作物の中で、そういった設定が散見される。ストーリーの展開において、そのような存在に与えられる役割もまた、多種多様である。あるときは、主人公の頼れるパートナー。あるときは、人間とはけして相容れない敵対者。肉体を失った霊的な存在が、人間以上に人間らしく振る舞うことで、逆説的に人間の滑稽《こっけい》さを浮かび上がらせるような構造になっている作品も、数々の例がある。

とはいえ、それはあくまで、フィクションの話だ。作り物であるとわかっているからこそ、安心して楽しめるのである。

だが、実際に、そのような存在を視認できるとしたら、どうだろうか。

呑気《のんき》に笑っていられるはずがない。

全く、大いなるミステリーである。

これまでの人生で、自分に霊感があると思ったことなど、ただの一度もなかった。それゆえに、衝撃は大きかった。

しかし、たとえ重大な問題を抱えていたとしても、僕が大学生であることに変わりはないのである。単位も欲しいし、お金だって欲しい。ということは、大学にも行かなければならないし、アルバイトにも行かなければならないのだ。木造アパートの自室にこもっているばかりでは、じりじりと悪いほうへ追い込まれていくだけである。日々の生活というのは、どうやら、人を開き直らせる効果があるらしい。日常とは、かくも偉大なものなのだ。

大学へ向かうと、ある程度、予想はしていたが、当然のように、明神みなもに付きまとわれた。講義中に先生の話に耳を傾けているときも、食堂で昼食をとっているときも、気がつくと、彼女が隣に座っていたり、後ろに立っていたりした。彼女は突然あらわれたかと思うと、突然消え、そしてまた、突然あらわれた。彼女の姿が見えているのは、僕だけのようだった。廊下で同級生たちと会って話をしたときも、傍《かたわ》らの彼女の存在について言及した人物はいなかった。

明神みなもは、明らかに、僕とコミュニケーションを取りたがっていた。彼女は僕と目が合うたびに、何やら口を動かした。しかし、僕には彼女の声を聞き取ることができなかった。生きている人間であったなら、確実に声の届く距離にいるというのに、である。この世の人間とあの世の人間の間には、やはり、きちんと線が引かれているのだろう。その線引きが、僕と彼女の間では、なぜか曖昧になっているのである。とりあえず、そのような状況把握を済ませたとき、美琴に聞かれたら「じじ臭い」と馬鹿にされそうなつぶやきが漏れた。

「いやはや……、全く、どうしたものかな」

アルバイトの前に、図書館の閲覧スペースで、一息入れることにした。明神みなもは僕の正面の席に座ったが、自分の声が伝わらないことにがっかりしたのか、そのままぐったりと机に突っ伏した。

本当に、「どうしたものかな」という心境だった。困っているのは、僕も同じである。始終、彼女に監視されているとあっては、落ち着いて毎日を過ごすことができない。美人に興味を示されるというこの状況は、男としては、喜ぶべきなのかもしれないが、何といっても、彼女は、この世の人間ではないのである。

「君が事件に巻き込まれたことについては、気の毒に思っているよ。でもね、冷たい言い方になるかもしれないけれど、それを調べるのは警察の仕事であって、僕の仕事じゃない。だって、僕なんか、どこにでもいる普通の大学生でしかないんだからさ」

明神みなもを殺した犯人は、事件から三カ月以上が経過した今でも、逮捕されていなかった。なぜ、彼女は殺されてしまったのか。殺されるほどの恨みを、彼女は買っていたのだろうか。

いずれにせよ、明神みなもに何か訴えたいことがあるのだとすれば、それはきっと、自分の死や犯人に関する真相に他ならないだろう。僕はそのように想像したのだが、顔を上げた彼女は、幼い子供みたいに首を振った。僕には彼女の言葉が聞き取れないのに、彼女のほうは僕の言葉が聞き取れるというのは、何とも不思議である。「違うのか？」と重ねて尋ねると、彼女はこれまた幼い子供みたいに、何度もうなずいた。言葉が通じないからなのか、やたらと身振りが大きかった。

「だとすると……」

手持ちの情報で、心当たりのあることといえば、あとはもう、一つしかなかった。彼女が弟のように可愛がっていたという、あのキャップの少年である。

「……健斗君か？」

彼の名前を出すと、明神みなもは、ぱっと表情を明るくした。どうやら、正解を突き止めたと考えていいらしい。

「彼は、君に何かひどいことをされたと感じている様子だった。その理由について、何か思い当たることはないかい？」

明神みなもは、また首を振ると、期待に満ちた目で僕を見つめた。僕は腕組みをした。どうやら、覚悟を決めるしかなさそうだった。

「殺人事件の犯人を特定するのは難しくても、君と健斗君の間に生じた誤解を解くくらいであれば、何とかなるかもしれない。それができたら、僕を解放してもらえるかな？」

もともと大きな明神みなもの目が、さらに大きく見開いた。彼女は口元に手を当てたあとで、手のひらを僕のほうに見せるという動作を、素早く繰り返した。それが不器用な投げキッスなのだと気づいたとき、僕は思わず噴き出してしまった。そんな僕の様子を見て、彼女もほっとしたように微笑んだ。

大学のキャンパスではあれほどしつこかったのに、僕が【ボニー&クライド】までやってくると、明神みなもは、ぱったりと姿を見せなくなった。自分が殺された場所に足を運ぶのは、やはり、抵抗があるのかもしれない。僕が彼女の立場であったなら、おそらく、そのように感じたことだろう。

「そうだな……、裏表がなくて、親切な奴だったよ」

明神みなもの性格がどのようなものだったのか、【シアター・ボニー】の清掃で一緒になったとき、宍戸さんに聞いてみた。正直、亡くなった人間について、あれこれ詮索するのは、あまり気分の良いものではなかった。しかし、明神みなもの人となりについて知っておくことは、彼女と健斗君の関係を修復する上で、重要であるように思えた。

「俺がここで働き始めたときには、もう、明神がいてね。最初は明神さんって呼んでたし、敬語で話をしてたんだ。でも、あるとき、彼女はそれを嫌がった」

床に落ちていたゴミをほうきで集めながら、宍戸さんは言った。彼の集めたゴミをちりとりで受けるのが、僕の役目だった。

「気さくな方、だったんですね……」

「彼女、仕事はきっちりやる人間だったけど、手隙のときには、よく、常連客と話し込んでたよ。てっきり、映画の話をしてるのかなって思ったら、離れて暮らしてる親戚から届いたっていう手紙を、ずーっと見せられてたりしてね」

「そのお客さんの？」

「ああ。断れないんだか、付き合いがいいんだか……、まあ、どっちもだったんだろうけどね。そうだ、森園君、【ボニー&クライド】のサイトって、見たことある？」

「ええ、一応。面接を受ける前に、一度だけ、ですが」

【シアター・ボニー】の清掃を終えても、次の上映までは、まだ時間があった。僕たちは階下のチケットカウンターへ移動し、そこに置かれていたパソコンを起動させ、【ボニー&クライド】のサイトにアクセスした。サイトのトップページには、【スタッフブログ】

という項目があり、カーソルを合わせてクリックすると、別ウィンドウが開いた。画面をスクロールさせて、表示されたページに目を通してみると、映画の宣伝に加えて、【ボニー&クライド】にやってきたお客さんたちの感想が、見やすく整理された形で、丁寧につづられていた。

「これ、去年の十二月で、更新が止まっていますね」

「明神が記事を投稿してたんだよ。アルバイトの時間が終わったあとも、こつこつとね。よくやるよなあって感心してたんだけど、そもそも、彼女が始めたことだから、誰もログイン用のパスワードを知らないんだ。だから仕方なく、そのまま放置されてるってわけ」

宍戸さんがチケットカウンターを出て行ったあとも、僕はマウスを操作し、さかのぼってブログの記事をチェックした。時折、お客さんの写真もアップされており、その中には、明神みなもと健斗君の姿が写っているものもあった。先日、歓迎会のときに宍戸さんに見せてもらった写真と、構図が全く同じである。おそらく、宍戸さんの携帯電話で撮影したものを、そのまま使っているのだろう。

さらに記事をさかのぼっていくと、明神みなもと健斗君の写真が、他にも見つかった。健斗君が一人だけで写っているものもあるし、二人が一緒のものもある。明神みなもだけが写っているものはなかったが、それはそうだろうな、と思った。このブログはあくまで

ないのだ。【ボニー&クライド】のアピール用であって、明神みなも個人を売り込むためのものでは

僕は一枚の写真に目をとめた。大きなキャップを前後逆にかぶり、得意げにポーズを取る健斗君の姿がおさめられている。場所はどうやら、この建物の裏のようだった。彼はサッカーボールの入ったボールネットを肩に引っかけて右手で持ち、左手を腰に当てていた。この町のサッカークラブに所属しているという話だったが、練習の帰りに立ち寄ったのか、彼は汚れたユニフォームを身につけていた。

そのとき、チケットカウンターのドアが開いて、笹川さんが入ってきた。今が休憩時間ではなかったことを思い出して、僕はうろたえた。

「どうしたんだい、森園君？」

「ああ、いえ……、はい、すみません、すぐ仕事に戻ります」

表示されていたウィンドウを閉じようとしたのだが、遅かった。笹川さんはパソコンの画面をのぞき込むと、「ああ、なるほどね」と納得したようにうなずいた。

「まあ、どうしたって、気にはなるよね」

「その……、健斗君は、明神さんのことを、大嘘つきだと言っていました。そこが、どうも引っかかっているんですよ」

「引っかかる？」

大嘘つき。その言葉からは、期待していたことが果たされなかったという、健斗君の強い失望を感じる。おそらく、明神みなもと健斗君の間では、何らかの約束が交わされていたのだろう。しかし、明神みなもが殺害されたことにより、その約束が果たされなくなってしまった。ゆえに、健斗君は明神みなもに、嘘をつかれたと感じているのではないだろうか。僕がそのように説明すると、笹川さんは「なるほどね」とまたうなずいた。

「でもね……、森園君が立ち入ったことをすると、余計にこじれてしまうかもしれないよ？　ほら、健斗君くらいの年齢の男の子って、優しく諭《さと》されるほど、かえって意固地になったりするだろうし」

「かもしれませんね。でも、そうしたくなってしまう男の子の気持ちも、わからないではないですよ」

「そうかい？」

「僕にも、かつては男の子だった時期がありますから」

「今はもう、男の子ではない？」

「少なくとも、女の子ではないです」

「それは、一目見ればわかるよ」

「恐縮です」

軽口を叩きながら、笹川さんの言う通りだな、と思った。たとえ、僕自身の自由がかかっている、という事情があるにしても、僕が深入りしたことで、明神みなもと健斗君の関係に、さらに大きくひびが入ってしまうかもしれない。その可能性は、否定できない。

ただ、とその一方で思うのは、せめて、やれることはきちんとやったのだと、自分に対する言い訳くらいは用意したいな、ということだった。僕は義憤にかられて行動するような性格ではないし、できることだって、きっと、ずいぶんと限られている。でも、悩んでいる人がいたら、可能な限り話は聞いてあげたいし、困っている人がいたら、なるべく、見て見ぬ振りはしたくないと思う。それくらいのささやかな正義感は、持っていたって、ばちは当たるまい。

要するに。

困ったときはお互い様、なのだ。

持ちつ持たれつというのは、この世の真理である。

もしかしたら、あの世でも、それは真理なのかもしれないが。

土曜日が来るのを待って、アパートの近くにある運動場に足を運んだ。市が管理している多目的広場、と表現すれば少しは聞こえもいいが、然《しか》してその実態はというと、薄く芝生が生えているだけの、だだっ広い空き地である。それでいてしっかり利用料金が取られる仕組みになっているのだから、実に世知辛い世の中だ、といえる。

一軒家のブロック塀に挟まれた路地を進んでいくと、運動場にたどり着いた。運動場には白線の引かれた一画があり、そこにはサッカーゴールが向き合った形で置かれている。ピッチの中では、互いに声を掛け合いながら、サッカークラブの少年たちが、試合形式の練習で汗を流していた。コーチらしき男性もピッチの外側にいて、ホイッスルを片手に、色々と指示を出している。インターネットでサッカークラブの名前を検索したら、練習を行っている場所と時間は、すぐに判明した。サッカークラブの名前は、健斗君の写真を見て知った。彼が着ていたユニフォームの胸元には、サッカークラブの名前の刺繍《ししゅう》が、でかでかと入っていたのである。

運動場は川の近くに位置しており、土手から見下ろせるところにあった。いかにも自分は関係者ですよというムードを醸し出しながら、僕は練習中の少年たちがよく見える位置まで近づき、土手の斜面に寝転んだ。芝生の先端が背中に触れて、少しくすぐったかった。

健斗君の姿を探してみると、あっさり見つかった。彼は攻撃に守備にと積極的に走り回り、ずいぶんと目立っていた。あの小さな体のどこにそんな優秀なエンジンを積んでいるのだろう、と僕は感心した。

練習風景を眺めつつ、さあ、どうやって健斗君に声をかけるべきかと考えていると、運良く、その機会が巡ってきた。ピッチから大きく蹴り出されたボールが、僕の近くまで転がってきたのである。そして、そのボールを追ってきたのは、健斗君だった。身を起こしてボールを拾い上げると、「すみませーん」と彼は少し離れたところから、僕に向かって手を振った。

投げるのか、それとも、蹴るのか。僕が選択したのは、そのどちらでもなかった。空に投げ上げたボールから目を離さず、落ちてきたところを、額で打ち抜く。山なりに飛んでいったボールを、健斗君は胸の前でキャッチした。

「お兄さん、サッカーやってるの？」

健斗君は、わざわざ僕のところに駆け寄ってきて言った。「昔々のそれこそ大昔に、ちょっとだけね」と僕は答えた。彼の目は、きらきらと輝いているように見えた。

「ヘディング、上手だね」

「まあ、練習したからさ」

「おれ、ヘディングって、苦手なんだよ。飛んでくるボールに向かって顔を出すのが、どうしても、怖くって」

「慣れるまでは、そうだと思うよ」

「お兄さんも、慣れるまでは、怖かった？」

「ああ」

健斗君は、なかなか立ち去ろうとしなかった。シューズの先で、地面に何やら模様を描いている。僕はしゃがんで、彼と目線の高さを合わせた。

「ヘディングのポイントはね、体の反りを利用することと、顎《あご》を引いて、確実に、ボールをここに当てることだよ」

人差し指で、僕は健斗君の額《ひたい》をつついた。「あいた」と額を押さえたあと、彼は満足そうにうなずいた。

「わかった。お兄さんの言う通りにしてみる」

「ところで……、君と会うのは、実は二度目なんだけれど、僕の顔に、見覚えはないかな？」

健斗君は首を傾《かし》げたが、「明神みなものことについて、君に話を聞きたいんだ」と言葉を続けると、どうやら思い出したようだった。僕と口をきいたことを後悔するみたいに、彼は目をそらした。そのとき、「おーい、早く戻って来いよー」とピッチの向こうから、コーチの男性が大声を出した。

「少しだけでいいよ。練習が終わったら、時間をもらえると嬉しい」

そう言って、僕はその場を離れた。先ほど寝転んでいた土手の斜面まで戻ると、また関係者のふりをして、高みの見物としゃれ込んだ。

サッカーをやっていたことがあるというのは、本当だった。小学生の頃――今でもそういった気質はあるが――ひどく人見知りで内気だった僕を心配した母によって、無理やり地元のサッカークラブに入れられたのである。あとで父から聞いたことだが、子供には何かスポーツをやらせたいという願望が、母にはあったらしい。

僕は大いに抵抗し、練習に行きたくないと繰り返した。あまりにも僕が嫌がるので、母はある交換条件を提示した。それは、「試合で一度でもゴールを決めたら、やめてもかまわない」というものだった。

そこで素直に、体力でも体格でも平均以下の自分がゴールを決めるにはどうしたら良いのかを考えてしまうところが、僕という人間の特性である。とにかく頭を使うしかないと思い、試合に出ると、相手の裏をかくように動き続けて、チャンスをうかがった。サッカークラブからの脱退を勝ち取ったときのシュートがダイビングヘッドだったというのは、なかなかに興味深い符合である。つまり、まさしく【頭を使う】ことで、僕はサッカーという肉体労働から、足を洗うことができたのだ。サッカーと向き合い続けるうちに、いずれその面白さに気づくだろう、と母は考えていたようだが、残念ながら、そうはならなかった。ワールドカップが開催されているというときでもなければ、サッカーの試合なんてまず観戦しないのが、今の僕である。

ピッチに戻った健斗君は、チームメイトのセンタリングに合わせて、見事なヘディングでゴールを決めた。僕の呼び出しに応じる気になったのは、きっと、そのためだったのだろう。貸しをつくったままでは、彼だって、寝覚めが悪いに違いない。

健斗君と二人で、夕暮れ時の土手を、並んで歩いた。オレンジ色の太陽が正面にあり、僕たちの後ろには、長く影が伸びていた。ぽつりぽつりとつぶやくように話す健斗君の言葉に、僕は耳を傾けた。

「その日はね、家族全員で、映画でも観に行こうかってことになったんだ。おれの父さんと母さん、いつも仕事ばっかりでさ、二人の休みが合うことなんて、めったにないんだよ。だから、おれ、嬉しくてね。何とかっていう映画のお祭りで、有名な賞を取ったアクション映画なんだとか、父さんが得意げに言ってたけど、正直、三人一緒ならさ、映画の内容なんて、どうでも良かったんだ。でも、そんなふうに考えてたのがいけなかったのかな。おれ、せっかく買ってもらった映画のチケット、いつの間にか、どこかに落としちゃってて……」

【ボニー&クライド】では、スタッフが入場扉の前で、チケットの確認を行う。上映時間が近づき、両親と共に観客の列に並んだ健斗君は、シャツのポケットに入れていたはずのチケットがなくなっていることに、そこで気づいた。

「おれ、ものすごく焦ったよ。どうしたらいいんだろうって。久しぶりに、三人で楽しく過ごせてたのに、おれがしでかしたミスのせいで、父さんと母さんが嫌な顔をするのなんて、見たくなかったんだ。もちろん、悪いのはおれだよ。それはわかってるけど、でもさ、そんなの、なかなか言えないじゃんか。そうこうしてるうちに、並んでた列がどんどん先に進んで、おれがチケットを見せなきゃならない番がきて……」

その窮地《きゅうち》を救ったのが、チケットの確認を行っていた、明神みなもだったというわけだ。

チケットを持っていない以上、健斗君を中に入れることはできない。明神みなもは、いったん、入場扉の前から離れたが、すぐに戻ってきた。「良かったね、落とし物として届けられていたよ」と言い、彼女はチケットを千切って、半券を健斗君に手渡した。

「そして君は、両親と一緒に、映画を楽しむことができた、というわけだね」

「うん、それは、そうなんだけど……」

「何？　まだ続きがあるの？」

家に帰って、チケットの半券を見たとき、健斗君は、あることを発見した。チケットの半券には、映画の上映開始時刻と、チケットを購入した時刻が印字されていたのだが、前者と後者の違いが、わずか五分ほどしかなかったのである。この意味を考えた健斗君は、翌日、自分の財布から取り出した千円札を握り締めて、【ボニー&クライド】に向かった。千円というのは、【ボニー&クライド】の小学生料金だった。

明神みなもは、健斗君が差し出した千円札をしばらく見つめたあと、「よく気づいたね、小さな探偵さん」と照れくさそうに笑った。その千円でアイスクリームを買い、二人で分け合って食べたそうだ。この出来事をきっかけに、健斗君は、時々、【ボニー&クライド】を訪れるようになった。

「さっきも言ったけど、おれの父さんと母さん、いつもいそがしくてさ、夜遅くまで家におれ一人っきり、なんてこと、よくあるんだよ。父さんと母さんには言ったことないけど、一人で家にいて、じっと玄関の鍵が開くのを待ってると、だんだん、さみしくなってきてさ。友達のところに遊びに行くにしたって、毎日ってわけにはいかないし、だから、みなもさんがいるときを狙って、あの映画館に行ってたんだ。みなもさんとは、色々な話をしたよ。学校のこと、家族のこと、サッカーのこと……。でも、みなもさんは、おれの話を聞いてくれるだけで、自分のことは、あまり話してくれなかった気がする。おれはみなもさんと仲良くなれたつもりでいたけど、本当は、全然、そんなことはなかったのかもしれない」

土手を進んでいくと石の階段があり、そこから鉄橋に上がれるようになっていた。僕たちは手すりに寄りかかって、眼下の土手に沿って流れる川を眺めた。

「だから、明神みなもは、君に会ってくれないんだと？　他に何か、会えない事情があるんだ、とは思わない？」

「どんな？　まさかお兄さん、みなもさんは長い旅行に出かけてるだけだ、とか言わないよね？」

僕は黙り込んだ。明神みなもが殺されてしまったということを、健斗君は知らないのである。その事実をありのままに伝えたら、果たして彼は、どのような気持ちになるだろうか。

——でもなあ、そもそも、人が死ぬのなんて、珍しくも何ともないだろう？

——俺たちがこうやって駄弁ってる間にも、間違いなく、どこかで誰かが死んでいってるわけじゃないか。

確かに、吉岡の言う通りである。だが、慕っていた人物の死をきちんと受け入れることは、大人でも難しいのだ。それで心をすり減らして、自分で自分を追いつめて、体まで壊してしまう人だっている。まして、今回の一件は、普通の死ではない。殺人事件なのだ。安易な慰めは、健斗君には逆効果である。

鉄橋は二車線の道路になっており、トラックや乗用車が通り過ぎるたびに、びりびりと足元から震えた。長い沈黙のあと、僕は口を開いた。

「……少なくとも」

「え?」

「彼女は、君に嘘をついたりはしていないと思う」

明神みなもの死後に生じた変化について、僕は考える。【シアター・クライド】での上映が自粛された。【スタッフブログ】の更新が止まった。【ボニー&クライド】で僕が働き始めた。

それだけだろうか?

それ以外に、何かないだろうか?

もちろん、あるのだ。

だからこそ、健斗君は、明神みなもに、嘘をつかれたと考えるに至ったのである。

僕は健斗君の耳元に口を近づけて、あることを告げた。

本来ならば、【ボニー&クライド】の関係者以外には、決して明かしてはならないことを。

おそらくは、明神みなもが、彼にそうしたように。

それは、スタッフルームに自由に出入りすることができる、建物の裏口のドアの暗証番号だった。


四月も終わりに近づいた頃、久しぶりに、大学で吉岡に遭遇した。「なあ、そろそろバイト代も出たはずだよな？　職探しをしてやったこの俺に、ちょっとは感謝の意を表明するべきなんじゃないのか？　んん？　どうなんだい、森園君よお？」と絡まれて、渋々、その夜、二人で飲むことを承諾した。しかし、ふらっと居酒屋に出かけられるほど、僕の懐《ふところ》に余裕はなかったので、宅飲みの一択である。コンビニで買い込んだ缶ビールとつまみを六畳一間に並べて、僕たちは酒宴を開始した。

しかも、飲んで食べるだけでは飽き足らず、吉岡がなぜか持ってきていたトランプを使って、全力のババ抜きを敢行した。「たった二人で？」と疑問を抱いてはいけない。ポイントは、ただのババ抜きではなく、全力のババ抜きであることだ。全力というのは、たとえば、いっそ引きちぎるくらいの気迫で相手のトランプを奪い取ったり、数字がそろったら、風圧で表裏がひっくり返るほどの勢いでトランプを床に叩きつけたり、相手が自分の持っているジョーカーを引いたときは、腹の底から声を出して笑う、といったようなことである。こうして奔放に楽しむ時間も、たまには必要だろう。しかしそれも、いよいよ我慢できなくなった隣人に、「うるさいぞ！」と壁をどんどん叩かれて、冷静になるまでの話だ。木造アパートというのは、とにかく音が響きやすいのである。

顔を見合わせてしょんぼりした僕たちは、残っていた缶ビールを近くに集めて、あぐらをかいた。ちびちびやりながら、「そういえばさあ」と僕は思いついたことを口にした。

「吉岡は、来年、就職活動とか、どうするつもりなんだ？」

しらふだったら聞くことのできない、真面目な話題である。曖昧に濁《にご》されるだけかもな、と思いながらの質問だったが、「あれ、言ったことなかったっけ？」と吉岡は不思議そうに首をひねった。

「何をだよ？」

「俺の実家、大正時代から続いてる印刷会社なんだよ。でもって、俺は社長の息子で、いずれは、その跡を継ぐことになってるって話」

「……本当か？」

「わざわざお前にこんな嘘ついて、どんなメリットがあるってんだよ。本当に決まってるだろうが」

「信じられない……」

僕は愕然《がくぜん》とした。「おい、何すんだよ」と言われて我に返ったとき、僕の手はいつの間にか、吉岡が持っていた缶ビールを取り上げていた。

吉岡の話によると、実際に跡を継ぐのは、彼の兄ということのようである。つまり、吉岡はサポート役だ。親族とはいえ、特別扱いされるわけではなく、まずは付き合いのある関連会社との交流をはかりつつ、一通りの仕事を覚えるところから始めるらしい。

「まあ、今までずっと、自由にやらせてもらってきたからさ。そろそろ親には恩返しでもしないとな、とか思ってるわけだよ。どうよ、殊勝な心がけだろう？　ご用命の際は、吉岡印刷をどうぞよろしくお願いしますってな」

酒が入ったせいで赤くはなっていたものの、そう言う吉岡は、いつになく凛々《りり》しい顔をしていた。こいつもこんな顔をすることがあるんだな、と僕は何となく、感傷的な気持ちになった。

「そろそろお暇《いとま》しようかね」と吉岡が立ち上がったので、玄関先まで見送った。そこに置かれている円柱形の傘立てには、サッカーボールがちょうどすっぽりとはまっており、「来たときも思ったけど、これ、何なんだよ？　お前が買ったのか？」と吉岡は気になっている様子だった。「借りものだよ」と答えて、僕は玄関のドアを閉めた。実際、それは健斗君の所有していたものだった。

あれから健斗君は、定期的に【ボニー&クライド】にやってくるようになった。どうやら、僕が働いている時間帯を狙って来ているらしく、休憩時間中にスタッフルームで寛《くつろ》いでいるときに限って、勢いよく、建物の裏口のドアが開くのだ。そこに立っているのは、「真広《まひろ》さん、ちょっと練習に付き合ってよ！」と無邪気な笑顔を浮かべた健斗君である。健斗君は必ずサッカーボールを持ってきており、勘弁してもらいたいなあ、と思いつつも、僕はスタッフルームから外の駐車場に出て、彼の練習相手を務めることになる。そして、休憩時間が終わるまで散々走らされた僕は、へとへとの状態で【ボニー&クライド】の業務に戻るのだ。そのような僕に対して、「体力なさすぎ！」とか、「ドリブル下手すぎ！」とか、健斗君は容赦なくダメ出しをしてくる。僕の部屋にサッカーボールがあるのは、「真広さんは、もっと練習したほうがいいよ！　ほら、これ、貸しといてあげるから！」と強引に押し付けられたからだった。全く、厄介な案件を抱え込んだものである。

一応、宍戸さんには、事情を話してある。しかし、「森園君も、大変そうだねえ」とにここにこしているばかりで、「宍戸さんも、相手をしてあげてくださいよ」と持ち掛けてみても、「どっちかっていうと、俺は野球派だからなあ」という反応が返ってくるだけだった。

僕が裏口のドアの暗証番号を部外者に教えたことは、笹川さんには秘密である。もちろん、翔子さんにもだ。ただ、もうとっくに気づかれていて、それでも黙認してくれているのだという気がしている。相手が健斗君なら仕方がないか、と。

明神みなもが殺されたとき、外部の人間が押し入った可能性があると警察に説明され、笹川さんは、裏口のドアの暗証番号を変更したらしい。当然といえば、当然の対応だと思う。だが、そのことが健斗君の心を打ちのめしたのだ。想像するに、明神みなもは、健斗君にこんなことを言っていたのではないだろうか。家に一人でいるのが耐えられなくて、さみしくてどうしようもなくなったら、遠慮せずに来るといいよ。あたしで良かったら、いくらでも、話し相手になってあげるから……。

つまり、健斗君にとって、裏口のドアの暗証番号は、心の支えだった明神みなもへと至るための、いわば魔法の鍵だったのだ。その鍵が、いつの間にか使えなくなってしまったことに、健斗君は失望した。そうして彼は、姉のように慕っていた明神みなもに嘘をつかれたのだ、と結論付けたのである。

健斗君は、明神みなもの不在を、どのように受け止めたのだろうか。僕にはわからない。だが、少なくとも、僕と会っているときの健斗君は、何だかいつも楽しそうであり、塞《ふさ》いだ表情を見せることもない。だからきっと、今はこれでいいのだろう、という気がしている。

しかし。

残念ながら、めでたし、めでたし、とはいかないのだった。

そう、サッカーの練習以上に僕の頭を悩ませていることが、もう一つあった。

畳部屋に戻り、僕は宅飲みの後片付けを始める。空き缶をまとめてビニール袋に入れ、口を結んだとき、部屋の隅《すみ》で横座りをしている彼女の姿が目に入った。彼女は、突然あらわれたかと思うと、突然消え、そしてまた、突然あらわれる。

すなわち、明神みなもである。

明神みなもと健斗君の間に生じた誤解をとくことには、確かに、成功したはずだった。しかし、依然として、彼女はこの世界にとどまり続けており、こうして僕の部屋にまで訪れるようになっていた。ある朝、妙な胸騒ぎがして眠りから目覚めると、彼女の顔が目の前にあり、あのときは、誇張でも何でもなく、本当に、驚愕《きょうがく》のあまり心臓が止まるかと思った。半同居のような状態となった今では、すっかり慣れてしまったけれど、それはそれ

で、逆に恐ろしくもある。面倒な洗い物を手伝ってくれる、心の優しい人はいないものかねえ

「ああ、どこかに、……」

さきいかの張り付いた大皿をスポンジでこすりながら、試しにそう言ってみると、座布団が飛んできた。僕はそのとき台所に立っており、明神みなもに対して背中を向けていた。背中を向けている相手を後ろから狙うとは、何と卑劣《ひれつ》な行為だろうか。僕は座布団を拾って、フリスビーのごとく投げ返したが、あっさり彼女をすり抜けて、後ろの窓に当たった。向こうの攻撃は効果があるのに、こちらの反撃に意味がないというのは、何とも不公平な話だった。しかも、「うるさいぞ！」とまた隣人に壁を叩かれてしまった。

どうやら明神みなもは、意識を集中させることによって、多少はものを動かせるらしいのだ。【ゴースト／ニューヨークの幻】のＤＶＤも、そのようにして、ラックから落としたのである。洗い物を終えて振り向いたときに窓が開いていたのも、だからきっと、彼女の仕業だろう。彼女の姿はもうなかったが、とっくに散り去ったはずの桜の花びらが、何枚か、部屋の中に入り込んできていた。

明神みなもは、やはり、自分の死の真相を求めているのだろうか。

しかし、彼女はそうではないという態度を取っていたはずだ。

ならば、健斗君のこと以外にも、死してなおこの世にとどまるほどの心残りが、彼女にはある、ということだろう。

それは一体、何なのだろうか。

そこまで考えたところで、はたと気づいた。

どうやら僕は、彼女のことをもっと知りたいと思っているらしいぞ、と。

単に、情が移ってしまっただけなのか。

それとも、何か他に、別の理由があるのか。

不思議な感覚だった。

窓の桟で手を突っ張って身を乗り出し、僕は空を見上げる。

薄い雲のかかった春の夜空は、どこまでも、ぼんやりとかすんでいた。

第二章　サマー・キャット

高校を卒業したら就職するのもいいかもな、なんてことを考えていた時期がある。といっても、一刻も早く社会に出て、ばりばり働きたい、と思っていたわけではない。強く希望する職種があったわけでもない。当時はまだ、アルバイトの経験も、年賀状の仕分け作業くらいしかなかったから、働くということの難しさについて、具体的なイメージが描けていたかといえば、全くもって怪しいものだ。

それに、商業高校や工業高校の出身ならまだしも、公立高校の普通科を卒業しただけで、さしたる資格もない青二才を受け入れてくれる会社なんて、そうそうあるはずがない。結局、僕が本腰を入れて就職活動をすることはなかったものの、必死になって探したところで、主張の弱い僕だったら、朝から晩までこき使われ、たとえ体調不良だったとしても休むことを許されないような、恐ろしい就職先しか見つからなかっただろう。

これもまた、何となくの考えではあるのだけれど、とりあえず大学への進学を選ぶ、というような真似は、できればしたくなかった。世の中には、多種多様な専門学校があるわけだし、大学よりも専門学校の卒業者のほうが、就職率が高い、という話も聞いたことがある。ならば、中には一つくらい、自分に合いそうなところも見つかるのではないか。そのように考えた僕は、インターネットから得られた情報を集めて整理してみたり、入学希望者用のパンフレットを取り寄せて読み込んでみたりした。実際に専門学校に足を運んで、体験入学のイベントに参加したこともあった。

しかし僕は、大学への進学を選択した。なぜかといえば、ひとえに、母の強い勧めがあったからである。父は僕の進路について、あまり興味がなかったのか――あるいは、僕のことを信頼してくれていたのかもしれないが――「まあ、真広《まひろ》が専門学校に進みたいんだったら、それはそれでいいんじゃないか」という感じの反応だったのだけれど、母は違った。手を替え品を替え、母は僕の説得を試みた。専門学校への進学を否定するわけではない。しかし、専門的な勉強をしたいのなら、それは大学を卒業してからでも、充分、可能である。どうしてもやりたいことがあって、今すぐにでも取り組みたいというのなら仕方がないが、そうではないのなら、とりあえずの進学でもかまわない。とにかく、まずは見識を広めるべきだ……。

しかも、学費については心配しなくていいとまで言う。僕が小学校に入学した頃には、もう、進路のことを考えて、そのための貯金を始めていたというから驚きだ。そこまでしてもらった親に対して反抗するのであれば、これはもう、親不孝者と罵《ののし》られても、文句は言えまい。いつからそう考えるようになったのかはわからないが、なるべく親を悲しませるようなことはしたくない、と思って生きてきた。あるいはこれは、長男として生まれたものの宿命なのかもしれない。「兄さんは、淡白そうに見えて、変なところで真面目なんだよね」と、美琴《みこと》には呆《あき》れられたものである。

ちなみに、学部は工学部にした。いざ大学を卒業するとなったときに、文系よりも理系の学部のほうが、就職先にも幅が出るのではないか、と考えたからだ。「入学する前に、もう卒業のことを考えているわけ？」と、また美琴には呆れられた。

何を隠そう、学校の勉強は、できるほうではあった。中学および高校時代を振り返ってみても、中間試験や期末試験の総合得点で、学年の十傑《じゅつけつ》とはいわないまでも、二十傑から漏れたことはない。こういった話を吉岡《よしおか》にすると、「何だよ、自慢かよ」なんて顔をしかめられてしまうのだけれど、それは違う。はっきり言って、僕は自分の容姿を評価していない。卑屈になっているわけではないが、大甘に見ても、中の下か、下の上といったところだろう。要するに、ルックスで勝負できない人間は、勤勉さを武器に世渡りをしていくしかないと考えて、予習と復習を欠かさなかっただけなのである。胸を張れることではない。

大学から合格通知が郵送されてきたとき、最も喜んだのは、やはりというべきか、母だった。肩の荷が下りた、というように長い溜息《ためいき》をつくと、少し頬《ほお》を赤く染めて、母はこんなことを口にした。

「私とお父さんが付き合い始めたのも、大学のときだったのよ。もしかしたら真広にも、そういった【運命の出会い】があるかもしれないわね」

基本的に、母は現実主義者だったが、その一方で、どこかロマンチストな一面もあった。聞いたほうが恥ずかしくなってしまいそうな、甘くてくすぐったい言葉を平気で並べ立てることも、少なくなかった。

もしや、それが大学への進学を勧めた本当の理由ではないだろうな、とは思ったものの、強いて問い質《ただ》しはしなかった。だが、今となっては、たとえ無理やりにでも、聞き出しておいたほうが良かったのではないか、という気がしている。故人となってしまった母の真意を確かめることは、もう、できないからである。

今年も、お盆の時期に合わせて、実家に帰省することにした。期間は一週間ほどである。七月が終わりに近づいても、半袖《はんそで》一枚ではやや肌寒いくらいの陽気が続いており、なかなか夏らしくならないな、と思っていたのだけれど、八月に入った途端、急に猛暑日が続くようになった。工学部所属の大学生としては、デジタルな気温変化である、と表現したくなるところだ。

目的の駅に到着し、電車からホームに降り立つと、磯《いそ》の香りが鼻を刺激した。僕が生まれ育ったのは、海沿いの小さな町である。電車のドアは、乗客がボタンを押さなければ開かない。海岸に沿って東西に線路が走っており、冬に訪れるのは物好きなサーファーくらいだが、夏はそれなりに観光客でにぎわっていた。

衣類を詰め込んだドラムバッグを担いで歩き出すと、たった数歩の歩みで、額《ひたい》から汗が噴き出してくる。僕自身が汗っかきというのもあるけれど、それにしても、くらくらするような暑さだった。足元から襲い掛かってくるアスファルト熱も強烈で、この目がまわるような感覚を味わうたびに、「ああ、帰ってきたんだなあ」としみじみ思う。

改札を出ると、駅前広場の木陰《こかげ》に置かれたベンチに、美琴が腰掛けているのを発見した。電車の到着時刻を事前に伝えてあったので、迎えに来てくれたのだろう。ほっそりとした体格で色白の美琴は、ただ文庫本に目を落としているだけなのに、非常に絵になっている。決して身内のひいき目ではない。美琴の前を通り過ぎる人たちが、皆、興味深そうに振り返っていた。冴えない風貌《ふうぼう》の僕とは大違いだ。ベンチに近づいて声をかけると、文庫本を閉じて顔を上げた美琴は、形のいい眉をひそめて冷ややかに言った。

「何？　兄さん、どうしてそんなに汗だくなの？　気色悪いなあ、もう……。ていうか、ちょっと不審者っぽいよ？　こっちにいる間に、警察に通報されないよう、充分、気をつけてね」

久々に顔を合わせた兄に対して、何とも遠慮のないコメントである。「ああ、帰ってきたんだなあ」と、また、しみじみ思った。

駅から出ているバスに乗って、自宅の近くの停留所まで移動した。そこからは歩きになる。バスの中は空調がきいていたのだけれど、外に出た瞬間、またしても僕は汗まみれになった。「ひどい有様だ……」と美琴はつぶやき、僕と距離を取って歩いた。

我が家は、この町の住宅地に建てられた一軒家である。大まかにいうと、一階部分が家族の共用スペースで、二階部分が僕と美琴の自室になっている。自分の部屋が割り当てられたのは、僕が十二歳のときだった。それまでは、五つ年下の美琴と一緒に、同じ部屋で寝起きしていたのだが、僕の中学入学を機に、仕切りをつくって、二つに分けたのだ。

自室に荷物を置いて、リビングにやってくると、床に置かれたクッションの上で、【ノド】が丸くなっていた。【ノド】は森園《もりぞの》家の飼い猫で、体毛のほとんどが黒色なのだが、喉《のど》の部分だけが白いのが特徴だ。ちなみに、こんな珍妙きわまるネーミングをしたのは、もちろん、僕ではない。美琴である。

「ただいま」と声をかけたら、【ノド】は片目を開けて、僕を一瞥《いちべつ》した。土手に捨てられていた子猫だった彼女――そう、【ノド】は雌なのだ――が、僕に拾われてからもう十年くらいになるのだけれど、気位が高いのか、人間に対して好意的に振る舞うことは、めったにない。【ノド】はすっくと立ち上がると、「お前には何の興味もない」と言わんばかりに、さっさとリビングを出て行ってしまった。実につれない態度ではあるが、彼女らしいといえば、いかにも彼女らしいのだった。ひょっとしたら、自分こそが人間たちの飼い主である、と思っているのかもしれない。

リビングで麦茶を飲みつつ、美琴の近況報告に耳を傾けた。この町のどこそこにコンビニができたとか、レンタルＤＶＤのチェーン店がつぶれて惣菜《そうざい》屋になったとか、そういったとりとめのない内容である。僕は適当に相槌《あいづち》を打ちながら、しかし、美琴がしきりに前髪をいじっていることが気になっていた。それは、何か話をしたいことが別にあるときの、美琴の癖なのだ。やがて、美琴は僕の目を見据えて、こう切り出した。

「父さんが言ってたよ。『真広が帰ってきたら、渚《なぎさ》さんも交えて、一緒に食事でもしようか』って。これ、どういうことかわかるよね、兄さん？」

「……いいんじゃないか、一緒に食事をするくらい」

「本当に？」

「何だよ、その、本当にってのは」

「言葉通りの意味だよ。本当に、そう思ってるのかってこと。兄さんの『いい』は、何だか、『どうでもいい』って言ってるみたいに聞こえるんだけど?」

「考えすぎだって。大丈夫だよ、別に、直前になって逃げたりしないからさ。いつ? 今夜? それとも、明日?」

「たぶん、明日の夜になると思う」

美琴はなおも、僕の目を見つめ続けた。見つめるを通り越して、もう、ほとんどにらむような目つきになっている。いたたまれない気持ちになった僕は、「二階に携帯電話を置いてきたから、ちょっと取りに行ってくる」と言って会話を打ち切り、リビングをあとにした。

渚さんのことは、避けては通れない問題だった。そして、簡単には答えの出せない、難しい問題でもあった。僕は渚さんに対してどのような態度を取るべきか、まだ、決めかねているのだった。

開きっぱなしになっていたリビングのドアを閉め、階段の手前まで来たところで、【ノド】がついてきていることに気づいた。ドアの陰で涼んでいたのだろう。僕がしゃがんで手招きをすると、あっさり近くに寄ってきた。先ほどは、あんなにも素っ気ない対応だったのに、何とも意外なことである。妙だな、と思いつつも、僕は【ノド】を抱えて、階段の一番下の段に座り込んだ。腕の中に、丸くて温かい重みを感じながら、「しかし、どうにも、困ったもんだよなあ……」と口に出して言ってみる。もちろん、それは独り言だった。だからこそ、返答があったことに、僕はぎょっとしたのだ。

「頼りになるお姉さんが、相談に乗ってさしあげましょうか、森園真広君。でも、まずは、その渚さんって人のことを、もっとよく知る必要がありそうね」

突然、耳に馴染《なじ》みのない、ハスキーな声がした。空耳かと思ったのだけれど、そうではなかった。声の発生源は、僕の腕の中だった。【ノド】がこちらを見ながら、何やら口を動かしているのである。

「な——」

「こうしてあなたとお話をするのは、初めてになるわね。しょっちゅうアパートのほうにもお邪魔して、もう、ほとんど同棲《どうせい》してるような状態なのに、全く、不思議なことだわ」

「……は？」

【ノド】は僕の腕の中から飛び出すと、くるりと一回転して、床に着地した。そして、事態が把握できておらず、困惑の極みにあった僕をよそに、高らかにこう宣言したのである。

「あたしよ、あたし。明神《みょうじん》みなも。今は、この猫ちゃんの体を、ちょっと借りさせてもらってるけどね」

【ノド】の言葉が終わるか終わらないかのうちに、僕は彼女の首根っこをつかみ、階段を駆け上がって、自室に飛び込んだ。階下から、「兄さん、どうかしたの？」と美琴の声がしたが、僕に返答できるような余裕はなかった。

僕は完全なるインドア派なのだが、父も母も活動的な人だったので、夏になると、しょっちゅう「海に行こう、海で泳ごう」と誘われた。僕も美琴も、まだ幼かった頃のことである。僕としては、冷房のきいた部屋で静かに本を読んでいるほうが性に合っていたりするのだけれど、満面の笑みを浮かべた父と母に、期待に満ちた目で見つめられると、どうしても断ることができず、結局、美琴と一緒に、海へ繰り出す羽目になった。そして、最初は嫌々水着に着替えていたはずの僕と美琴も、何だかんだで、結構、楽しんでしまうのだった。夏休みが明けると、真っ黒に日焼けした僕たちを見て、学校のクラスメイトは、目を丸くした。

父と母は似た者夫婦というか、どちらも裏表のない性格だった。良く言えば正直者だし、悪く言えば、譲り合いの精神というものに欠けていた。ついさっきまで和やかに談笑していたかと思うと、僕や美琴がちょっと席を外している間に、もう、言い争いが始まっていたりするのだ。初めは冗談半分だった軽口の叩き合いが、取っ組み合いの寸前にまで発展することも、珍しくなかった。一度喧嘩《けんか》になると、お互いに目も合わせないし、まともに口もきかなくなる。そして、父も母も、どういうわけか、僕や美琴を介して、相手に自分の意見を伝えようとするのだ。間に挟まれた僕たちは、そんなとき、実に気まずい思いをした。

とはいえ、喧嘩するほど仲がいい、を地で行くような二人だったから、険悪な雰囲気も、そう長くは続かなかった。数日もすると、何事もなかったかのように、いつもの明るい父と母に戻っているのである。平和を愛する僕にとっては、なかなか気の休まらない毎日だったけれど、家の中は活気づいていたし、そういう意味では、退屈とは無縁の生活だった。いがみ合うことも多かったものの、基本的には仲の良い父と母の子に生まれて、僕は幸せだった。反抗期らしい反抗期は、僕には特になかったが、それは、美琴も同じだと思う。

母が倒れたという連絡を受けたのは、二年前の夏のことだった。僕は大学一年生で、初めての夏休みを迎えていた。盆と正月だけは帰ってきなさい、という母との約束を果たすため、帰省の準備を進めていたときに、父から電話があった。

前触れのようなものは、一切、なかった。何せ、その数日前まで、帰省時の過ごし方について、僕は母と電話で言葉を交わしていたのである。まさしく、青天の霹靂《へきれき》だった。

母は活発な人だったけれど、丈夫な肉体の持ち主というわけではなかった。子供の頃は、しょっちゅう体調を崩して、学校を休んでいたそうだ。成長するにつれて、徐々にそういったことも少なくなっていったが、母の心臓には、先天的に重大な疾患があり、当時は、二十歳《はたち》まで生きられるかどうかわからない、とさえ医師に言われていたらしい。僕と美琴は、そのことを、母が担ぎ込まれた病院のロビーで、父から聞いて知った。

「……俺と千鶴《ちづる》は、小学校が一緒だったんだ。中学と高校は別だったけど、大学で、偶然、再会してな。会わない間に、まるで雰囲気が変わっていたから、びっくりしたよ。小学校のときは、教室の隅《すみ》っこで静かに本を読んでいるような奴《やつ》だったのに、大学では、完全にグループの中心人物だったんだからな。千鶴はいつも楽しそうだった。一緒にいると、こっちまで明るい気分になってきたもんさ。大学で再会してから、俺たちは急速に親しくなっていった。将来は海の見える町で暮らしたいっていうのが、千鶴の夢だった。つまり、この町で暮らし始めたのは、千鶴の希望があったからなんだよ」

病気のことは覚悟の上で結婚したんだ、と父は言った。父が腰掛けていた革張りのソファには、ところどころに穴があいており、中のスポンジが飛び出していた。父は静かに、こう続けた。

「覚悟はしていた……、つもりだったのにな。実際にそのときがきたとなると、やっぱり、こう、ずしんと胸にくるもんだな」

父のその言葉からは、母に対する真摯《しんし》な愛情が感じられた。

倒れてからの数週間を、母は病院のベッドの上で過ごした。

秋の終わりに、母はとても遠いところへ旅立った。


猫という生き物は、おおよそ一年で生殖能力を持つそうだ。ゆえに、生後十二カ月の猫は、人間でいうところの、成人とみなすことができる。そういった年齢の換算方法があるらしい。その理屈に沿うならば、十年ほど前に出会ったときにはもう、生後三、四年くらいの大きさだった【ノド】は、人間であれば、今ではすっかり【おばあちゃん】なわけである。しかし、彼女は実に若々しく、本棚の上に飛び乗ったり、テーブルの下をくぐり抜けたりと、落ち着きなくちょこまかと動き回った。やがて、彼女は床にあぐらをかいていた僕の膝《ひざ》の上に乗ると、甘えるように喉を鳴らし始めた。

「……気は済んだかい？」

「悪くはないけどね、これが人間の体だったら、もっと快適なのかもしれないなって、思い始めてるところよ」

「僕や美琴にとりつくのだけは、やめてもらえると助かるかな」

「あら、それは残念ね。あなたはともかく、美琴ちゃんの体を借りることに関しては、やぶさかではなかったのに」

「何だよ、その、美琴ちゃん、ってのは」

「もてそうねえ、あの子。悪い虫がくっついたりしないか、心配なんじゃない？　真広お兄ちゃんとしてはさ」

僕は額に手を当てた。いきなり流暢《りゅうちょう》な日本語を喋《しゃべ》り出した飼い猫と共に、ひとまず自室に引っ込んだはいいが、どう対処すべきなのかがわからない。しかし、僕が頭を抱える一方で、【ノド】は呑気《のんき》に欠伸《あくび》をしていたりする。いや、もはや【ノド】ではなく、明神みなもと呼んでしまっていいのかもしれない。というのも、【ノド】は僕が一人暮らしをしているアパートの住所を答えただけでなく、部屋の合鍵を隠している場所まで、正確に言い当てたのである。前者はともかく、後者を知っているのは、僕だけのはずだ。四六時中、僕の様子を観察できる立場にある、明神みなもを除いては。

「実家にまで押しかけてきたことに関しては、もう、とやかく言うつもりはないよ。でも、僕以外の人間がいるときには、絶対に喋るんじゃないぞ。大騒ぎになるだろうからね」

「言われなくても、そうするつもりだから、安心して。というか、あたしだって、結構、戸惑ってるんだよ？　まさか自分が、猫の体に入れるだなんて、思ってもいなかったんだし」

明神みなもは、僕に見つからないよう、こっそり帰省に同行し、ドアの陰から、リビングの様子をうかがっていたそうだ。そしてそのとき、ふいに【ノド】と目が合ったのだという。そんなはずはない、きっと偶然に違いない、なぜなら、自分の姿は見えないのだから……、と彼女が思った次の瞬間、驚くべきことが起こった。気がつくと、彼女は【ノド】と同化しており、【ノド】の視点から、自分のいた空間を見つめていたのだという。それは本当に一瞬のことで、最初は彼女自身も、何が起こったのか、わからなかったらしい。

「きっと、相性のようなものがあるんでしょうね。誰の体でもいいってわけじゃないみたい。今のあたしは、この猫ちゃんの体を、ちょっと使わせてもらってるってだけなのよ。こんな状態が、そう長く続くとも思えないわね。何かこう、合わない服を無理やり着せられてるみたいな、そういう違和感があるし……」

明神みなもは、前足で顔をこすりながら、そんなことを言った。僕の目には、すっかり【ノド】の体を満喫しているように見えるが、本人としては、そうでもないようである。

とにかく、人前での日本語はなしだ、ともう一度念を押してから、階下のリビングに戻った。明神みなもは、まるで先導するかのように、悠々と僕の前を歩いた。

二階で明神みなもと話をしているうちに、夕方になっていた。美琴は一階のどこを探してもおらず、どうやら夕飯の買い物に出かけたらしい。この家の台所の主は、美琴なのである。母が他界して以来、炊事だけでなく、洗濯や掃除なども含めた家事全般を、美琴が受け持つようになっていた。

美琴がいないのをいいことに、明神みなもは、好き放題、我が家をうろついた。僕は彼女が興味を示したドアというドアを全て開けて、ここがトイレになっているとか、こっちのほうが浴室だとか、中を見せて、いちいち説明しなければならなかった。

我が家の一階には、リビングに隣接する形で、広い洋間があった。近所の人が尋ねてきたときは、そこに通して応対するのだが、ソファとテーブルのセットの他にも、存在感のあるものが置かれており、明神みなもは、それに惹《ひ》かれたようだった。

年季の入った、古めかしくも立派なピアノである。

何でも、母が父と結婚するときに実家から持ってきたものらしく、ピアノの脚には、子供の頃の母が彫った、自分の名前のイニシャルが刻まれていた。ピアノは母の趣味であり、母は時々、その腕前を披露してくれた。母の指はリズミカルに鍵盤《けんばん》の上を移動し、様々な音楽を紡ぎ出した。母は大きく左右に体を動かしながら、情感たっぷりにピアノを弾いた。

これはもうプロといってもいいのではないか、というくらいのハイレベルな演奏だったが、「プロとアマの間には、深くて暗い溝があるのよ」と母は謙遜《けんそん》した。

「森園君、何か弾いてみせてよ」という明神みなものリクエストに応じて、僕はピアノの蓋《ふた》を開けた。鍵盤の上に乗っていた細長い布を取り去り、椅子《いす》に座る。得意なことというのは、誰かに教え込みたくなるものらしく、母は僕にも美琴にも、ピアノの弾き方をレクチャーしてくれた。家事や勉強の息抜き程度に、美琴は今でもピアノを弾くことがあるようだが、僕はすっかりご無沙汰《ぶさた》である。とはいえ、母に最初に教えてもらった曲だけは、僕の指がすっかり記憶していて、今でも、弾き始めさえすれば、最後まで弾き切ることができた。僕はすらすらとその曲を披露してみせたが、どうやらお気に召さなかったらしく、明神みなもは、ペダルに乗せていた僕の足の甲《こう》に爪を立てた。

「痛いじゃないか、何をするんだ」

「今のあたしに【ねこふんじゃった】を聴かせるだなんて、あてつけとしか思えないわよ」

しばらくすると、スーパーのレジ袋を両手に提げて、美琴が帰ってきた。「ずいぶん悩んだけど、カレーにするからね」と言って、美琴は台所に立った。一応は客人として扱われているらしく、「そこでぼんやりしてないで、ちょっとは手伝ってよ」と要求されることはなかった。僕は美琴が野菜を刻む音を聞きながら、しきりにちょっかいを出してくる明神みなもをあしらっていた。

「何だか、今日の【ノド】って、ずいぶん、兄さんになついてない？」

「ようやく、彼女にも、僕の魅力が伝わったってことじゃないかな」

「猫の雌にもてたって、ねえ……」

美琴の手によるカレーが完成したところで、父が仕事から帰宅した。父はオフィス用品を扱う会社で働いており、隣町にある事務所に、車で通っている。コンロの火が消されたときに、まるで計っていたみたいに、玄関のチャイムが鳴った。

夕食の時間は、和やかに過ぎていった。父と会うのも、成人式の式典に参加するために帰省したとき以来だったが、父は終始明るく、無理をしてそうしているようでもなかったので、安心した。母が他界したばかりの頃は、仕事には出ていたものの、家ではいつも疲れた顔をして、休みの日もぼんやりしていることが多かったのである。よく美琴からそういった内容の電話がかかってきたし、父の様子を見るために、僕も頻繁にこちらに戻ってきていたから、知っている。そして、そのような状態にあった父の復調に、渚さんが深く関わっているということもだ。彼女は、父の交際相手——つまり、恋人——なのである。

渚さんとの食事会に関する打診が、改めて父からもあり、正式に、明日の夜に開かれることに決まった。すでにレストランの予約も入れてあるそうだ。父は誇らしげに、そのレストランの名前を教えてくれた。この町で最も有名なレストランだった。種類の豊富なオムライスを売りにしており、その美味《おい》しさから、テレビや新聞などで、何度か取り上げられたことがあった。

美琴はどこか不安そうな表情で、僕の様子をうかがっていた。父と渚さんの味方についていることに対して、後ろめたさを感じているのかもしれなかった。きっと、美琴には美琴なりの葛藤《かっとう》があるのだろう。

翌日は、昼から明神みなもと町をぶらついた。家にいるのが僕一人であったなら、わざわざ八月の炎天下に繰り出すはずがなかったのだが、明神みなもがそれを許さなかった。彼女はこの町の案内を僕にせがみ、断ろうとすると、鋭い爪を見せびらかして威嚇《いかく》した。

猫用のキャリーバッグがあったはずだと思い、台所を探してみると、やはりシンクの下の収納スペースに、それは置かれていた。メッシュ状の籠《かご》の内底には、薄いカーペットが敷かれており、上蓋の部分は透明である。キャリーバッグに明神みなもを押し込み、「【ノド】と一緒に散歩してくるよ」と美琴に声をかけると、「この暑い時間帯に?」と不思議がられた。

「正気なの、兄さん？」

「誠に遺憾《いかん》ながら、正気だよ。六時半に出発だったっけ？」

「そう。父さんが帰ってきたら、車で出かける予定」

「了解。それまでには、ちゃんと戻ってくるから」

財布をポケットに入れて家を出ると、自己主張の強い太陽が、容赦なく攻撃してきた。散歩に出かけるなんて言ったことを、僕は早くも後悔した。

「ちょっと森園君、ここから出してよ。これじゃあ、散歩じゃなくて、単なる移動じゃないの」

町の大通りまでやってきたところで、明神みなもが抗議の声を上げた。僕がキャリーバッグの上蓋をスライドさせると、彼女はすぐさまそこから顔をのぞかせた。

「あたしにだって、立派な足があるんだから、こんな気遣いはいらないわ」

「そうか。なら、身をもって体感してもらったほうがいいかもしれないな」

「何？　どういうこと？」

僕は明神みなもをキャリーバッグから出すと、アスファルトの上にそっと下ろした。よく熱せられた真夏のアスファルトは、六十度以上になることもあるという。裸足であったなら、まず間違いなく、火傷《やけど》してしまうだろう。明神みなもは、僕が何を言いたかったのかを、一瞬で理解したらしい。「動物虐待反対《ぎやくたい》！」と叫ぶと、僕が道端に置いたキャリーバッグに向かって、綺麗《きれい》な放物線を描いた。

大通りを南に進むと駅の方角で、そちらは海に近づくルートだった。僕はその逆、つまり北のほうへ向かった。案内をするといっても、都心から遠く離れた、どこにでもある地方の町である。珍しいものなんて、何も思い浮かばない。しかし、足が自然とそちらに向いた。

キャリーバッグを抱えたまま、坂道を上っていく。坂道の傾斜は緩やかだが、体力のない僕には、かなりこたえる運動だった。汗が頬を伝って、足元に落ちる。強烈な日差しを少しでも避けるため、なるべく道の両側に建ち並ぶ民家の塀に沿って、影の中を進むよう心がけた。

途中に自販機があったので、炭酸飲料のペットボトルを買って、一口飲んだ。この町は海に面しているものの、住宅地を抜けていくと、徐々に緑が多くなってくる。坂道を上りきると、ほとんど森といってもいいくらい、木々の密集したところがあった。その手前には、バスの停留所であることを示す看板と、数名が並んで座れるサイズのベンチが置かれている。

「ひょっとして、休憩の時間かしら？」

「いや、あとちょっとだから、もうひと踏ん張りするつもりだよ」

「もうひと踏ん張りって？」

明神みなもの問いかけに、僕は視線で答える。そちらには、木と木の間隔が広くなっているところがあり、そこからさらに、石段が上に向かって伸びていた。

石段の数をかぞえながら、一歩一歩を踏みしめるようにして、さらに上を目指す。二百をこえたところで、ようやく、平らな広い場所に出た。僕の頭上には、すっかり塗装の剝《は》げ落ちた鳥居があり、石畳の短い参道の先に、小さな本殿が見えた。キャリーバッグを下ろして上蓋を外すと、「到着だよ」と声をかける前に、明神みなもは勢いよく飛び出して、本殿のほうへと駆けていった。

周囲を背の高い木々で囲まれているところなので、風が吹くと、ひんやりとして気持ちがいい。暑い中だと騒がしい蟬《せみ》の声も、こういった静かな場所で聞くと、味わいがあるものに感じられる。よっこいせ、とばかりに僕が石段に腰掛けると、本殿のほうまで行っていた明神みなもが、行きと同じくらいの俊敏さで戻ってきた。

「森園君、なかなかいいところを知ってるわね」

「そうだろう？　明かりなんてないから、夜は怖くて一人では来られないけれどね」

「男のくせに……」

「暗闇《くらやみ》は男女に平等だよ」

小高い丘のようなところにある神社からは、この町を一望することができる。近い位置には先ほど上ってきた坂道があり、遠くに目を向けると、海と砂浜が見える。海岸にはたくさんの人たちが集まっているようだ。海も砂浜も、僕にとっては馴染みのあるものだが、こうして距離を置いて眺めてみると、それなりに上等なものであるように思えてくるから不思議である。

小学校に入ったばかりの頃だっただろうか、今よりも少しだけやんちゃなところのあった僕は、町全体を視界に収められる場所を見つけたくて、あちこちを探検した。そうして見つけたのが、この神社だったのだ。もともとは、道祖神を祀《まつ》ったところだったのかもしれない。父にも、母にも、そして美琴にも、この場所のことは話していなかった。

「だから、正真正銘、ここは僕の秘密の場所なんだよ」

「そんな大切な場所に、あたしを連れてきてよかったの？」

「だって、この暑い中、あんまりうろつきたくなかったし」

「お、本音が出たわね？」

「もちろん、それだけが理由じゃないけれど……」

何となく、明神みなもには、この場所のことを教えたくなったのである。でも、どうしてそんな気持ちになったのかはわからなかった。だからそのことは、口には出さなかった。

「森園君、何か言いたいことがあるって顔をしてるわよ?」

「そう見えるかい?」

石段に座ったまま、僕はある建物を探した。駅の西側。小学校の運動場から、直線距離で数百メートル。隣町との境目にある建造物。目的のものは、すぐに見つかった。

「あれ、何だかわかる?」

「……病院?」

「正解」

僕が指差した建物は、くすんだ白色であり、遠くから見ると、巨大な一つのブロックのようだった。それくらい角張っていて、徹底的に丸みが排されたデザインなのである。

「僕の母親はね、あそこで息を引き取ったんだ」

あれから、もうすぐ二年になる。

もう二年になるのか、という気もするし、まだ二年なのか、という気もする。

病院に担ぎ込まれたあと、母は明らかに食が細くなり、あっという間に痩《や》せ衰えた。それでも母は弱音を吐くことなく、見ているこちらのほうが辛《つら》くなるくらい、気丈に振る舞い続けた。だから、頑張って頑張って、本当に、最後の最後まで頑張って、母は亡くなったのだと、僕は思っている。

「森園君は、お母さんのことが、好きだった？」

「もちろんだよ」

「へえ、即答だね？」

「だって、血を分けた家族だからね。身内のことが嫌いな奴なんて、そうそういないんじゃないかな」

「そういうことをさらっと言えるのって、すごくいいと思うよ。何だか、憧れちゃうなあ」

「もしかして、からかっている？」

「からかってないって」

「本当かなあ……」

「森園君、結構、疑り深いんだ」

「冗談だよ」

「あたし、両親の顔を知らないのね。だから、お父さんとお母さんがいつもそばにいるのって、どういう感じなのかなって、ちょっと思ったのよ」

　完全に、不意打ちだった。明神みなもは、僕の隣にちょこんと座り、目を細めて、病院のほうを見ている。息を呑《の》んだことが、彼女にばれていなければいいな、と思った。明神みなもは言葉を続けた。

「中学までは、児童養護施設で生活してたんだけど、高校のときには、もう、一人暮らしを始めてた。クラスメイトたちは、皆、あたしの生い立ちを知ってたから、優しくしてくれたよ。でも、一線を引いた付き合い方をされてるなってのは、よくわかった。うん、残念なことに、わかっちゃうんだよね、そういうの。だからかな、大学に入るまで、友達らしい友達も、できなくてね。学校での楽しい思い出って、ほとんどないの。最初から親がいないのと、人生のどこかで親と別れなければならないのと、一体、どっちが辛いんだろうね。まあ、比較したって、答えは出ないだろうし、出したところで、意味はないんだろうけどさ」

——どうやら明神は、あまり幸せな幼少期を送ってなかったみたいでね。

——どこにも居場所がないように思えて、いつも孤独な気持ちを味わっていたとか、何とか……。

宍戸《ししど》さんが、以前、そのようなことを言っていた。思いがけずに吐露《とろ》された彼女の過去について、僕は想像した。知らなかったとはいえ、彼女を傷つけるようなことを、もし言ってしまっていたのだとしたら、申し訳ないと感じる。とはいえ、形式ばっての謝罪というのも、それはそれで、事を大げさにするような気がしたので、避けたかった。僕が彼女の頭をそっと撫《な》でたのは、そういった理由からだった。手のひらで包み込むように触れた毛並みは、柔らかくて、少しくすぐったかった。彼女は照れくさそうに、かすかに身を震わせた。

「……たとえ猫の姿だとしてもさ、人に触れてもらうのって、やっぱり、いいものね。何だか、こう、心の奥から、温かいものがあふれてくる感じがする。ほっとするっていうかね」

明神みなもが、猫の姿で助かった。彼女が人間の姿であったなら、頭を撫でるなんて行為は、気恥ずかしくて、僕にはとてもできなかったはずだからだ。時折吹く風を感じながら、僕は彼女の頭を撫で続けた。

個室の予約を取っていたこともあり、レストランでの食事会は、落ち着いた雰囲気の中で行われた。僕も何度か食べたことがあるけれど、このレストランのオムライスは、やはり美味しかった。セットメニューのデザートは、シンプルだが隙《すき》のない味のバニラアイスで、こちらもなかなかのものだった。

僕の隣の席が渚さんだったのは、美琴の計画によるものだろう。つまり、少しでも距離を近づけたほうが、会話も弾むに違いない、という算段である。しかし、その目論見は、成功したといえるのか、どうなのか。ちなみに、時候の挨拶《あいさつ》をかわしたあとの最初の会話は、「すごいね、ここのレストラン、天井でプロペラがまわってるよ」「そうですね、確かに、まわっていますね」というものだった。前者が渚さんで、後者が僕である。

父から渚さんを紹介されたのは、去年の冬のことだった。年末の帰省中に、「会ってもらいたい人がいる」と父に言われたとき、僕はすぐにぴんときた。いつの日か、そういうことがあるかもしれない、と思っていたからである。しかし、そうだとしても、それはもっと先のことだろう、と考えていたのも事実なのだ。僕は複雑な感情を抱いた。

我が家のリビングで、父の交際相手と向き合った。父と彼女が並んで席につき、テーブルを挟んで、僕と美琴がその対面の席に座った。彼女の顔を見て最初に感じたのは、母とはあまり似ていないんだな、ということだった。ややきつめの顔立ちだった母とは違い、渚さんは垂れ目がちで愛嬌《あいきょう》があり、おっとりと微笑《ほほえ》む表情からは、人のよさがにじみ出ているような気がした。

「はじめまして、真広さん、美琴さん。あなたたちのお父さんの浩市《こういち》さんと、親しくさせてもらっています。お二人とも、そうなれるといいな、と思っています」

姓は高野《たかの》。名は渚。渚とはつまり、波打ち際のことである。変に気負ったところもなく、渚さんは、誠意あふれる態度で、僕たちに向かって手を差し出した。持ち前の人見知りを発揮して、「はあ、ご丁寧にどうも」とか何とか、もごもご言っていたのは僕だけで、美琴はにこやかな笑みを浮かべて、渚さんの手を握り返していた。

渚さんが帰ったあと、父が再婚するかもしれないことについてどう思うか、美琴に尋ねてみた。「父さんには、父さんの人生があるってことでしょう?」というのが、美琴の答えだった。

「それはまた、ずいぶんと……」

「何?」

「いや、あっさりしているな、と思ってね。何となく、お前は、もっとこういったことに反対するんじゃないかって気がしていたけれど、そうでもないんだな」

「だって、反対も何も、大切なのは、二人の気持ちじゃないの? もしかして、兄さん、父さんが再婚することを、母さんに対する裏切りか何かだと思ってない?」

「さすがに、そこまでは……」

僕が言いよどんだのは、美琴の指摘通り、そのような気持ちが、どこかにあったからなのだろう。父は、病気のことを承知で母と結婚した、と言っていた。父から発せられたその言葉には、母に対する愛情が感じられた。それなのに、父はもう、母のことなど、どうでも良くなってしまったのだろうか。それでは、母があまりにも、かわいそうではないか。それとも、単に、僕が潔癖すぎるというだけなのだろうか。

僕と美琴の間で、このような意見の相違があったことを、父も、そしてもちろん渚さんも、知らない。だが、知らないとはいえ、僕が二人の交際について前向きに受け止められていないということには、薄々、気づいているに違いない。だからこそ、僕の帰省に合わせて、食事会が開かれたのだろう。

ところで、この日の食事会に参加し、レストランのテーブルを囲んだのは、父と渚さん、僕と美琴の四名だけ……、ではなかった。わざわざ立派なベビーチェアを用意してもらうという破格の待遇を受けたのは、明神みなも——僕以外の人間にとっては、黒猫の【ノド】という認識なわけだが——だった。ベビーチェアの座面には、昼間にも使ったキャリーバッグが置かれており、彼女はその中に収まっていた。

キャリーバッグを持ち込むことを、レストラン側にかけあって認めさせたのは、美琴だった。今までずっと一緒に暮らしてきた【家族】であることから、今回の食事会にも同席してもらうことにしたというのが、美琴の理屈だったが、会話の糸口にもなるだろうという狙いも、あったのだと思う。

キャリーバッグの中で、明神みなもは、おとなしく体を丸めていた。その様子を見て、

「お利口さんだわ」と渚さんはにこにこしていた。彼女も子供の頃に、猫を飼っていたことがあるそうだ。何でも、猫だというのに、キャットフードよりも、ドッグフードが好きだったらしい。栄養に偏《かたよ》りが出るといけないので、普段はキャットフードを与えていたのだが、たまにドッグフードを出してやると、それこそ、むさぼるように食べていたという。

食事会がお開きになると、父の運転で、渚さんを駅まで送った。隣町に住んでいる渚さんは、そこからバスを使って帰ることになる。車中で渚さんが話したところによると、彼女が暮らしているアパートは、路線バスの終点から、ほど近い場所にあるそうだ。

車を駅前広場の隅に停《と》めて、僕たちは停留所のベンチに移動し、バスが到着するのを待った。停留所の掲示板には、今週末に開催されるこの町の花火大会のポスターが貼られていた。美琴はわざわざ浴衣を着込んでそのイベントに臨むつもりらしく、「その意気やよし」と渚さんに感心されていた。

ようやくバスがやってくると、渚さんは、「それでは、また」と言い、ベンチから立ち上がった。バスに乗り込んだ彼女は、すぐさま最後尾に移動し、僕たちに向かって、窓越しに手を振った。座席で膝立ちになっているらしく、彼女の頭は、バスの天井に近い位置にあった。バスの天井でプロペラがまわっていなくて、本当に良かった。遠ざかっていくバスが右折し、見えなくなったところで、僕たちは車に戻った。

我が家に向かう途中で、コンビニに寄ることになった。「そうだ、テレビのリモコン用に、単四電池のストックを買っておかなくちゃ」と美琴が言い出したからである。「何も今でなくてもいいんじゃないか」と父がたしなめたが、「だからこそ、思い出したときに買っておかないといけないんだよ」と美琴は譲らなかった。

小走りで店内に入っていった美琴を、父と僕――それから、明神みなも――は、車内で待つことになった。運転席に父。助手席に僕。後部座席に明神みなも。すぐに戻ってくるだろうと思ったのだが、どうやら知り合いを見つけたらしく、美琴は雑誌コーナーで立ち話を始めた。「これはちょっと、長くなりそうだぞ」と父がハンドルに顎《あご》を乗せて、溜息をついた。

沈黙の時間が続き、何だかこれはまずい雰囲気だな、と感じた。エアコンの送風音が、やけに耳についた。僕は口数が多いほうではないし、父だって、そういった僕の性格を、尊重してくれているようなところがある。だから、喋らなければ、いくらでも、喋らないままでいられる。ただ、それではいけないのではないか、ということに気づけるくらいの感受性は、父も、そして僕も、持ち合わせているのだった。

救いを求めるべく、僕はカーラジオをつけた。すぐに男性パーソナリティのお喋りがスピーカーから流れ始めたが、父はそのだみ声が車内の雰囲気に合っていないと感じたのか、操作ボタンをプッシュして、ニュース番組にチャンネルを変えた。

結局、先に口を開いたのは、父のほうだった。言葉を発する前に、父は一度、咳払《せきばら》いをした。

「そっちは、どうだ？　何事もなく、やってるか？」

「うん、まあ……、ぼちぼちとね」

「お前、ちゃんと毎日、食べてるのか？　何だか、帰ってくるたびに、どんどん痩せていってるような気がするぞ」

「それ、よく言われるけれど、体重自体は、本当に、全然、変わってないんだよ。僕はともかく、父さんはどうなの？」

「俺か？　俺も、まあ……、そうだな、ぼちぼちってところかな」

「お互いに、それなりな毎日なわけね」

「そう、そんな感じだな」

どうにもつかみどころのないやり取りを続けていると、ようやく美琴が戻ってきた。後部座席のドアを勢いよく開けて、乗り込むのかと思いきや、「先に帰っていいよ」と言い、また店内に戻っていく。よほど話し足りないのか、何なのか。そもそも、単四電池はどうなったのだろう。

「……あいつ、もしかして、歩いて帰るつもりかな?」

父が首を傾《かし》げた。近くに立っていた誘蛾灯《ゆうがとう》が、ばちん、と大きな音を立てた。

「そうなんじゃない?」

「歩くったって、もう夜だし、家まで結構、距離あるよな?」

「あると思うよ」

「そうだよなあ……」

少し間があったが、「じゃあ、先に帰るか」と父が言った。「そうしようか」と僕はうなずいた。

コンビニの駐車場を出ると、車は大通りを進んだ。ぼちぼちの毎日について、僕は思いつくままに、ぽつぽつと、報告した。勉強は、それなりに。息抜きも、まあ、それなりに。映画館でアルバイトをしていることについても、話をした。

「へえ、映画館ねえ……、学生の頃は、俺もよく通ってたよ。そこで働こうとは思わなかったけど、当時は、他に娯楽らしい娯楽なんてなかったしな。今と違って、入れ替え制じゃなかったから、チケットを一枚買いさえすれば、それこそ、一日中いられたんだよ。小難しい内容の映画を観《み》たら、特撮とかアクションとかで、頭を休めたりしてさ」

対向車のヘッドライトが、父の顔を照らし出した。父は苦笑しながら、ハンドルを切った。

「食事だってとれるし、昔は、暇さえあれば、映画館に行ってたな。その割には、ちっとも映画には詳しくならなかったけど……、でもな、まあ、映画ってのはいいもんだよ。同じ映画を観れば、共通の話題が、確実に一つできるわけで、そうなったら、話もしやすい。あそこのシーンが良かったとか、あの俳優はどうしても好きになれないとか、そういう感じで――」

「母さんとも、映画を観に行ったりしたの？　父さんと母さんは、大学のときから付き合い始めたんでしょう？」

僕がそう尋ねたとき、車はすでに住宅地の細い道に入っており、徐行状態で走行中だった。聞こえなかったふりをされるかな、と思ったが、「むしろ、千鶴と一緒じゃないと行かなかったね」と父は静かに、そして力強く答えた。

歩み寄ろうという意思さえ確認できれば、あとはそう難しいことではなかった。我が家にたどり着くと、どちらからともなく、冷蔵庫から缶ビールを取り出して、リビングで乾杯した。それから二人で、母の写真が収められたアルバムを見返した。ピアノと一緒で、母が父と結婚するときに、実家から持ってきたものだそうである。そのアルバムはずっと、洋間の棚の最上段に置かれていたのだが、それを開くのは、母が亡くなって以来、初めてのことだった。「美琴は俺に似てるけど、真広は千鶴にそっくりだよな」と父は笑った。僕にはぴんと来なかったが、「一目見れば、間違いなく、千鶴の子供だってわかるよ」と父は断言した。

「なあ、ベストジーニスト賞ってあるだろう？　要は、ジーンズが似合うとされる有名人に与えられる賞だけど、何年も連続して受賞すると、殿堂入り扱いになるんだ。つまり、千鶴は殿堂入りってことさ。俺はあいつのことを、決して忘れたわけじゃない。なかったことにしようと思ってるわけじゃないんだ。そのことだけは、真広にも、わかってほしいんだよ」

父はそう言うと、アルバムを閉じた。僕は父の言葉を、素直な気持ちで受け止めた。受け止めた上で、缶ビールをもう一本、開けることにした。

酒盛りの最中に、美琴が帰ってきた。リビングのテーブルには、空になったビールの缶が何本も並んでいた。だらしなくへらへらと笑い合う父と僕を見て、「何なの、もう、みっともない……」と美琴は嫌味を言い、テーブルの上を片付け始めた。美琴にどう評されようが、僕は悪くない気分だった。父もそうだったに違いない。美琴から、次の言葉を聞くまでは。

「ねえ、ところで、【ノド】の姿がどこにも見当たらないんだけど、父さんも兄さんも、知らない？」

「テーブルの下とか、ドアの陰とか……」

「そういう、いかにもいそうなところにいないから、聞いてるんでしょう？」

車の後部座席から、キャリーバッグをリビングに持ってきたことは覚えている。実際、それはリビングの床に置かれていた。しかし、いつの間にか上蓋が外れており、その中は空っぽだった。

三人で手分けして、家の中を探すことになった。だが、どうしても【ノド】を発見できず、リビングのガラス戸から、父と僕の目を盗んで逃げ出したのだろう、という結論に達した。ガラス戸は換気のために開け放たれており、【ノド】がそこから外に出ることは、充分に可能だった。「どうしよう、警察に相談したほうがいいのかな」と美琴が言い、「それはちょっと、心配しすぎじゃないか」と父が応じた。僕は内心、別のことを考えていた。

僕しか知らないことだが、今の【ノド】は、明神みななのである。つまり、彼女が思いつきそうなことを想像すれば、行き先も、おのずと見当がつく。

——頼りになるお姉さんが、相談に乗ってさしあげましょうか、森園真広君。

——でも、まずは、その渚さんって人のことを、もっとよく知る必要がありそうね。アスファルトが熱を持つ日中に、裸足の明神みなもが出歩くのは、自殺行為といってもいい。だから、太陽が出ていない夜のうちに、彼女は、目的地の近辺まで移動する必要があったのだ。

明神みなもの目的地。

それはきっと、渚さんのアパートだ。

翌日の十時過ぎに、渚さんから連絡があった。リビングで電話を受けたのは美琴だったが、「はい、はい、ええ」という受け答えの声が徐々に大きくなっていくのを聞いて、僕は自分の推測が当たっていたことを確信した。受話器に手を当て、ゆっくりと振り向いた美琴は、信じられないという顔をしていた。

「どうだい、僕が言った通りだっただろう?」

「アパートの前に、見覚えのある黒猫がいたんだって。渚さんも、そんなはずがないとは思ったらしいんだけど、でも、喉の部分だけが白い黒猫なんて、そうそういるはずがないし、だから一応、電話をかけてくれたみたい」

美琴の説明によると、渚さんは【ノド】を自分の部屋に招き入れ、ミルクを与えて休ませたところだという。よほど疲れていたようで、【ノド】はよく眠っているそうだ。

「兄さん、どうする？　渚さん、今日は仕事が休みだから、【ノド】を連れて来てくれるって言ってる。でもさ、ほら、せっかくの休みの日に、渚さんにそんなことをしてもらうのも、何だか、悪いし……」

「だったら、こっちから迎えに行きますって、伝えてくれるか？」

「兄さんが？」

「ああ」

つまり、これこそが、明神みなもの作戦だったということである。一瞬、美琴は意外そうに目を大きくしたが、すぐに受話器に向かって話し始めた。僕は携帯電話を操作して、仕事中の父に【ノド】が見つかったというメールを送信した。

お昼にそうめんを食べてから外に出ると、空に濃い灰色の雲がかかり始めていた。昨日までの攻撃的な暑さは和らいでいたが、風が少し強かった。天気予報によれば、午後から強い雨になる恐れがあるという。僕はキャリーバッグに加えてビニール傘を持ち、駅に向かって出発した。ビニール傘が二本だったのは、美琴も一緒だったからである。「だって、兄さんを渚さんと二人きりにしたら、何をしでかすかわからないし」と美琴は言った。美琴にとって、五つ年上の血を分けた兄は、保護観察が必要な人間であるらしい。

駅前広場の停留所から、バスに乗り込んだ。お盆の時期とはいえ、平日の昼間のバスは空いており、僕たち以外の乗客は、数名程度だった。発車時間の調整のために、バスの入口のドアが、長時間、開いたままになっており、これならば、猫一匹がこっそり紛れ込んだとしてもばれないのではないか、と想像した。明神みなもが持っている情報は、「渚さんの暮らしているアパートは、路線バスの終点から、ほど近い場所にある」ということだけだ。それだけを頼りに、バスへの無賃乗車を敢行したのである。渚さんに発見してもらえたから、まだ良かったけれど、そうでなかったら、美琴が心配していた通り、警察に相談しなければならなくなっていたかもしれない。全く、無茶をするものだ。

駅前広場を出発し、のどかな海沿いの道路を走っていたバスは、やがて、背の高い建物が密集した地域を抜けていき、終点の停留所に到着した。美琴と共にバスを降りた僕は、そこで一度、渚さんに携帯電話で連絡をいれた。「もう少しでそちらに到着します」と言うと、「あら、ずいぶん早いのね。もっとゆっくりでもかまわなかったのに……」と彼女は何やら慌てている様子だった。電話の向こうで、掃除機の唸《うな》る音が聞こえたのは、きっと、僕の気のせいだろう。だが、心持ちペースを落として、アパートまでの道のりを進むことにした。渚さんにも、多少は見栄を張りたい気持ちがあるのだろうか、と想像してみると、何だか微笑ましく思えてくる。歩いている途中で、とうとう雨が降り始めたが、家から持ってきたビニール傘が役に立った。

軽量鉄骨造りのアパートの二階に、渚さんは住んでいた。台所と連結した形で広いリビングがあり、そのおまけみたいに、こぢんまりとした畳部屋がくっついていた。畳部屋の中央には毛布が敷かれており、そこで休んでいる我が家の飼い猫の姿を見て、美琴はようやく安心した様子だった。猫と畳部屋というのは、何だかとても相性の良い組み合わせだな、と思った。美琴は【ノド】のそばに座り込み、そこから動かなくなってしまったので、僕はキャリーバッグを置いて、リビングに移動した。

渚さんは、台所の冷蔵庫からペットボトルのお茶を取り出して、コップに注いでくれた。リビングの中央にはテーブルがあり、おしゃれで高そうなソファが、向かい合う形で置かれていた。渚さんに勧められるままに、僕はソファに腰を下ろした。

窓のある南側を除くリビングの三方の壁には、天井に達するほどの高さの棚が据えられており、これでもか、というくらいにたくさんの本が詰め込まれていた。立てた状態では入らなかったのか、横向きに無理やり押し込まれている本もあった。背表紙を見る限りでは、特定のジャンルのコレクションというわけではなさそうだ。とにかく色々な本が、雑多に集められている本棚だった。

「今時、紙の本っていうのもどうなんだろうって、自分でも思うんだけどね。いい加減、捨てられるものは捨てちゃわないと、床が抜けちゃいそうだし……、でも、どういうわけか、増える一方なのよ。不思議よね」

「本を読むのがお好きなんですか？」

「ああ、そうか、真広さんには、私の仕事、まだ言ってなかったんだっけ。私、この町の本屋で働いてるのよ」

文庫本の在庫管理、注文や返品、それからレジの対応など、業務内容は多岐《たき》にわたっているらしいが、「とにかく本が重くて困っているの」と渚さんは嘆いた。本の入った段ボール箱の上げ下げで腰痛持ちになり、長く続けることができなくなって、やめていく人も多いという。時々、コミック本の在庫管理にもヘルプで入ることもあるそうだが、あまりに点数が多すぎて、平積み作業が開店までに終わらない、なんて事態は、日常茶飯事らしい。

リビングのテーブルには、ノートパソコンと、プリントアウトされた紙が何枚か置かれていた。「これは何ですか？」と尋ねると、「一応、原稿のつもり」と渚さんは少し恥ずかしそうに答えた。

「たまにね、知り合いから頼まれて、フリーペーパーなんかに、ちょっとした記事を書いたりしてるのよ。美味しい創作料理のお店とか、アルバイトの紹介とかね」

「へえ……、じゃあ、本屋さんでもあり、ライターさんでもあるわけですね。すごいじゃないですか」

今回、渚さんが書き上げたのは、都内に新しくできたレジャー施設を紹介する記事だった。プリントアウトされている渚さんの記事に目を通してみると、広い敷地内に、様々なアスレチック遊具が設置されており、【子供連れが休日を過ごすのにぴったり】なところらしいことがわかった。

「一応、取材には行ってみたのよ。そのための費用が出るわけじゃないから、結局、私にとっては赤字なんだけどね。でも、これが結構、楽しかったりするんだな」

「もしかして、父と一緒に行ってきたんですか？」

「え？　うーん、その、えっと……」

渚さんは、はっきりと「しまった」という顔をしてうつむいた。こちらが申し訳なくなってしまうくらい、彼女は動揺していた。「いや、別に、そういう話をされるのが嫌だってわけじゃないんです」と僕は慌てて言った。

「むしろ、渚さんみたいに綺麗な人だったら、他にいくらでも相手はいそうなのに、どうして、父だったのかなって……」

「真広さん、私は、そんな大層な人間じゃないのよ。でも、理由、知りたい？」

「興味はあります」

「といっても、私にも、上手《うま》く説明できるかどうか……」

そう言って、渚さんは椅子から立ち上がった。ホットケーキをつくるというので、美琴を呼び、二人で手伝った。どうしてホットケーキなのだろう、と思ったが、原稿が書き終わったときは、ふわふわのホットケーキにとろとろのハチミツをかけて食べるのが、渚さんの習慣なのだそうだ。ボウルに卵と牛乳を入れてよく混ぜたあと、ホットケーキミックスを加えて、熱したフライパンで焼き上げる。渚さんの動きはスムーズで、よどみがなかった。手際よく作業を進めながら、父とのこれまでについて、彼女は話をしてくれた。

もともとは、単なる顔見知りでしかなかったのだという。渚さんの勤めている書店に、父が会社で扱っている文房具を納品しており、社交辞令的な挨拶を交わすことは、月に何度かあったらしい。丁寧な仕事と実直な態度が幸いして、父は渚さんの上司から信頼されていたそうだ。渚さんの職場では、季節の変わり目になると、従業員たちを集めて、親睦会というお題目の飲み会を開くことになっているのだが、あるとき、その会合に父も呼ばれて参加した。

「そこで浩市さんと、隣同士になってね。挨拶以上の会話をしたのは、たぶん、そのときが初めてだったと思う。……といっても、どんな話をしたのかは、よく覚えてないんだけど」

「覚えていない？」

「いや、私、そんなにお酒が強いわけじゃないのよ。でも、そのときは、何だか上司が妙に張り切っちゃって、どんどん飲まされてね。親睦会のあとで浩市さんと顔を合わせたときは、本当に気まずかったなあ……」

開店前の書店を訪れた父を、比較的静かな辞典のコーナーまで連れていき、渚さんはおそるおそる、「私、何か失礼なことを言いませんでしたか？」と聞いたらしい。うなずかれたら、すぐに謝るつもりだったそうだ。しかし、父は首を振って、「はっとしました」と答えたのだという。

「酔っぱらっていた私は、そんなに気を張っていて疲れないんですかって、浩市さんに聞いたらしいの。あの頃の浩市さんは、いつもきちんとしていたけれど、どこか息苦しそうだなって、そう感じていたから……」

母が亡くなったとき、父は一度も涙を見せなかったし、弱音も愚痴《ぐち》も吐かなかった。忌引きの休暇が終わると、父はこれまで通りの生活を始めた。つまり、普通に会社に行って、普通に仕事をして、普通に帰宅するというルーチンである。

でも、渚さんは、父が無理をしているということを見抜いた。しかも、見抜いただけではなく、彼女は傷ついた父の心に寄り添って、そっと癒《いや》してくれたのだ。

「……奥様を亡くされたという事実を知ったのは、三度目の食事のときだったわ。浩市さんから、話をしてくれたのよ。お子さんが二人いるということを知ったのも、そのときね。二人とも、穏やかで落ち着いた性格の子だけど、根が真面目だから、色々と抱え込んでしまわないか、すごく心配だって。浩市さん、お父さんの顔をしてた。ああ、きっと自慢のお子さんなんだろうなって思って、私は何だか、すごく感動したのを覚えてる」

めちゃくちゃ分厚いホットケーキを、三人で切り分けて食べた。たっぷりとかけたハチミツは、わざわざ高級スーパーに出かけて購入したもののようで、ただ甘いだけでなく、深みのある味だった。

「あのね、もちろん、お母さんだなんて、思ってくれなくてもいいのよ。そんな図々《ずうずう》しいこと、これっぽっちも、考えていないから。でもね、私は浩市さんに惹かれているし、浩市さんと一緒にいたいと思ってる。そして、そのためにはきっと、真広さんと美琴さんの許可が必要なのよ。どちらか一人の許可ではなくて、お二人の許可がね。そこをうやむやにすることだけは、絶対にしてはいけないの。それは、私がお二人に対して、通さなければならない筋だと考えているから」

「渚さん……」

「実はね、私も小さい頃に母を亡くしていて、ずっと父と二人暮らしだったのよ。その父も再婚したから、今は母がいるんだけどね。だから、私みたいな人間が現れて、真広さんと美琴さんが戸惑っているんだろうなってことは、ちょっとわかるの。私とお二人は別の人間だから、全部わかるだなんて偉そうなことは、もちろん言わないし、言えない。でもね、少しだけ……、ほんの少しだけ、お二人の気持ち、私にもわかるのよ」

美琴は真剣な表情で、渚さんの話を聞いていた。いつの間にかリビングに来ていた【ノド】が――明神みなもが――ソファの肘掛《ひじか》けに飛び乗り、僕を見つめていた。「さあ、どうするの、森園君?」と問いかけられているような気がしたが、僕の答えは、すでに決まっていた。

渚さんのアパートを辞するときには、雨は上がっていた。灰色の雲は空から消え去っており、綺麗なオレンジ色の太陽が西の方角に見えた。玄関先で、僕は渚さんにこう伝えた。

「ホットケーキ、美味しかったです。週末の花火大会、お時間があるようなら、ぜひいらしてください。それから、父のことを、よろしくお願いします」

渚さんと美琴が、「えっ」と目を丸くした。キャリーバッグの中の明神みなもが、「にゃあ」と一声、オチをつけるように鳴いた。

花火大会の日は、見事な快晴だった。お昼を過ぎても、空には雲一つなく、雨の心配は、どうやらなさそうだった。屋台の準備は三時頃から開始されたのだが、美琴の命令で、僕はその作業に協力する羽目になった。美琴は確かに浴衣を身にまとっていたけれど、客としてではなく、イベントを開催する側の人間として、気合いが入っていたらしい。【実行委員】の腕章をつけた美琴に逆らうことはできず、そっちが終わったら次はこっち、こっちが終わったら次はそっち、という具合に、僕はいいように使われた。様々な長さの鉄パイプを組み上げて、【焼きそば】や【ヨーヨー釣り】といった文字の入った大きな布を上から垂らせば、屋台の完成である。日が落ちる頃には、駅前の海沿いの道から大通りの手前まで、ほとんど隙間なく、ずらりと屋台が並んだ。

へとへとになった僕が、地べたに座り込んでいると、目の前に棒状のものが差し出された。棒の先には、飴《あめ》でコーティングされた、八つ切りのりんごが取り付けられている。いわゆる【りんご飴】というやつである。顔を上げると、美琴がすぐそばに立っていた。

「ほら、バイト代。兄さん、甘いもの、好きでしょう?」

「冷たくて甘いものだったら、もっと好きだよ」

僕は【かき氷】の屋台を指差して言った。小粋なジョークのつもりだったのだが、美琴はあっさり聞き流し、「そう、じゃあ、バイト代はいらないんだね」と【りんご飴】を舐《な》め始めた。糖分を摂取する機会を逃してしまったことを、僕は後悔した。

「……それで？」

「それでって、何が？」

「何か、話したいことがあるんじゃないのか？」

花火の打ち上げが始まる時間が迫ってきたせいか、人の往来が激しくなってきた。僕は立ち上がって、近くの電柱に寄りかかった。【りんご飴】を味わいつつも、美琴はしきりに前髪をいじっていた。その仕草は、何か話をしたいことが別にあるときの、美琴の癖なのだ。

「いや、やっぱりさ、気になるじゃない。どうして急に、父さんと渚さんのことを、認める気になったのかなって」

「急にも何も、そもそも、お前が言ったんだぞ。父さんには父さんの人生がある、大切なのは二人の気持ちだって」

「まあ、それはそうなんだけど……」

喧嘩するほど仲がいい、を地で行くような父と母に挟まれて、平和主義の僕にとっては、なかなか気が休まらない毎日だった。

でも、家の中は活気づいていたし、そういう意味では、退屈とは無縁の生活だった。いがみ合うことも多かったけれど、基本的には仲の良い父と母の子に生まれて、僕は幸せだった。

それは、自信を持って言えることだった。

疑う余地なんて、どこにもない。

そう、確かに、僕は幸せだったのだ。

だからこそ、こう考えることができた。

生涯で、たった一人に人生を捧《ささ》げるのもいい。

でも、そうでない人生もあるのではないか、と。

そして、そのような父の人生はきっと、母に対する裏切りなんかではないのだ。

「……何だか、【ノド】が森園家の問題を解決してくれたような気がするね。そう思わない、兄さん？」

あの夜、【ノド】が逃げ出さなかったら、彼女が渚さんに拾われることはなかった。ゆえに、僕が渚さんのもとを訪れることもなかったし、渚さんの内に秘めた思いを知ることもなかった。美琴は興奮気味に、そう主張した。

「ところでさ、【猫の恩返し】っていう映画、あったよね？」

「ああ、昔、お前と一緒に、観たことがあったな」

それは、主人公の女の子が猫の国に招待され、様々な騒動に巻き込まれるという、アニメ映画である。その映画の導入部分はこうだ。ある日、主人公の女の子が、トラックに轢《ひ》かれそうになっていた猫を助ける。するとその猫は、彼女に対して、丁寧にお礼を述べるのだ。それも、女の子にもはっきりと聞き取れるような、流暢な日本語で。いきなり猫が流暢な日本語を喋り出すというシチュエーションについては、僕にも、身に覚えがあった。

「【ノドの恩返し】だと、ヒットは難しいかな」

「というか、若干、猟奇的な感じがしないか？　いくら恩返しとはいえ、たとえば、自分の家に、人間の咽頭部《いんとうぶ》がやってきたら……」

「まあ、そっちの喉だったら、確かに、ホラーだよね」

僕たちが、そのようなむちゃくちゃどうでもいい話をしているうちに、砂浜のほうへ向かう人の流れは勢いを増し、いよいようねりのようになってきた。小競り合いが始まったのか、何やら遠くで怒鳴り声も聞こえてくる。「交通整理をしなくちゃいけないから、あとは兄さん、よろしくね」と言い、美琴は小走りで駆けていった。僕は人の流れに逆らうようにして、駅前広場に向かった。父と渚さんの二人と、そこで落ち合う約束をしていたからだ。

人ごみの中に、二人の姿を見つけた。父はTシャツにジーンズという格好だったが、渚さんは美琴と同じように、浴衣を着ていた。二人を花火のよく見える場所まで連れて行くのが、僕の役目だった。少しの間、二人が親しそうに談笑している様子を遠くから眺めてから、僕は声をかけた。

この町の花火大会では、沖に浮かべられた船から、約五千発の花火が打ち上げられることになっている。打ち上げ開始を待つ人たちの間を縫うようにして、僕は父と渚さんを、岩場のほうに案内した。屋台の準備の前に、二人が座って花火を観賞できるよう、そこに場所取り用のビニールシートを敷いておいたのである。「真広さんはどうするの?」と渚さんが首を傾げた。ビニールシートは、どう見ても、二人以上座ることが難しいサイズだった。「実は僕にも、一緒に花火を見たい人がいましてね」と意味深に言い置いて、僕はその場を離れた。二人の邪魔をするつもりはなかった。屋台で買った【たこ焼き】を渡すという粋な計らいも、僕は抜かりなく実行した。これらの一連の行為は、褒められて然《しか》るべきだろう。

岩場の手前に、コンクリートの階段があった。そこから道路に上って少し歩き、適当なところで立ち止まる。ガードレールの縁に軽く腰掛けると、僕が一人になるのを待っていたみたいに、彼女が僕のそばにあらわれた。

明神みなもだった。

猫の姿ではない。

人間の姿である。

——今のあたしは、この猫ちゃんの体を、ちょっと使わせてもらってるってだけなのよ。

——こんな状態が、そう長く続くとも思えないわね。

渚さんのアパートから帰宅して、キャリーバッグに入っていた【ノド】をリビングの床に下ろしたとき、彼女は僕のすぐ横にいた。僕はそのとき、ああ、そうなのか、と何だか妙に納得してしまった。そういうことか、このタイミングで元に戻るのか、と。

我が家の飼い猫は、もう、僕に対して何の関心も示さなかった。目の前に手を伸ばしたら、ものすごく俊敏な動きで顔を背けられ、「兄さん、愛想を尽かされるようなこと、何かしたんじゃないの？」と美琴にからかわれた。

僕と明神みなもは、そろって夜空を見上げた。砂浜のほうから、花火の打ち上げ開始を知らせるアナウンスが聞こえてきた。直後に、海岸に集まった人たちの歓声が上がり、蒸し暑い夜の中、拍手の音がぱらぱらと耳に届いた。

「……ありがとう。君には、感謝しているよ」

僕がそう言うと、明神みなもはこちらに近づき、自分の耳に手をあてた。「え、何？ちょっと聞こえなかったんだけど」という仕草だが、目は笑っている。もう一度、僕に感謝の言葉を述べさせて、その反応を見たいのだろう。何だかとても悔しかったので、「美琴が君に感謝している、と言ったんだ」と付け加えると、彼女は口を尖《とが》らせて、そっぽを向いた。

夏の夜空に、次々と、色とりどりの大きな花が咲いた。周囲が明るくなり、暗くなり、また明るくなったかと思うと、暗くなる。その繰り返しの中で、不意に、懐かしい人の声を聞いた。

——真広、聞こえる？

——あなたは、もっともっと、幸せになりなさい。

——お父さんと、美琴と……、それから、もちろん、渚さんとも、誠意を持って向き合うことを、忘れないでね。

もちろん、それは気のせいだったのだろう。

僕はあたりを見渡した。

やはり、明神みなも以外に、近くには誰もいなかった。

だが。

もし、そうではなかったとしたら？

気のせいでは、なかったとしたら？

考えているうちに、心の奥から、じわじわと、温かいものがあふれてくるような感じがした。

父が言うには、僕は母に似ているらしい。

それこそ、一目見れば、間違いなく、親子だとわかるくらいに。

ならば。

【運命の出会い】というような言葉を平気で口にしてしまう、母のロマンチストな一面が、僕に受け継がれていたとしても、何ら不思議はないのである。

第三章　オータム・コネクション

　S大の学園祭は、十一月上旬の連休を利用して開催されることになっている。広大なキャンパスをフル活用したこの学園祭は、とにかく派手で騒がしく、近隣住民から非難の声が上がらないのが不思議なほどだ。おそらく、季節の風物詩として、大目に見られているのだろう。過去のデータを紐解けば、来場者数が十万人オーバーという年もあったらしいから、驚きである。

　去年も一昨年も、僕は冷やかす側として学園祭に足を運んでいたのだが、その際の感想は、「コンテンツ過多ではないか」という、身も蓋《ふた》もないものだった。学園祭のために設置されたステージの上だけでなく、講堂や体育館やメインストリートなど、あらゆる場所で学生たちのパフォーマンスが繰り広げられているし、模擬店の数だって、百は余裕でこえている。無料で配布されるパンフレットは、シラバスのように分厚い。学園祭は、土日と祝日を合わせて三日間の開催なのだが、それでも、全てを見学することは不可能だろう。まあ、この過剰なサービス精神こそが、お祭り騒ぎのお祭り騒ぎたるゆえんなのだと言われれば、納得できないこともないけれど。

十月に入ると、大学全体に、浮足立ったムードが漂い始めた。学園祭の準備が本格的にスタートするのが、この時期なのである。学生たちは昼夜を問わずキャンパス内を走り回り、機材のチェックや資材の搬入に精を出す。ゆえに、静かなはずの図書館の閲覧《えつらん》スペースで、ノートパソコンを開いてレポートの課題に取り組んでいても、外から熱に浮かされたような大声が聞こえてくるのだった。

これでは、全く集中できない。かといって、アパートの自分の部屋では、課題に必要な資料が不足している。一体、どうしたものか。吉岡《よしおか》から声をかけられたのは、そのように悩んでいた、ある日の午後のことだった。頭の後ろで手を組み、椅子《いす》の背もたれに寄りかかって体を反らせていると、視界に彼の顔が割り込んできた。

「よお、森園《もりぞの》、景気はどうだい？」

「日本経済の話？　それとも、世界経済の話？」

「もちろん、森園経済の話だよ。お前、今晩、空いてるか？」

「あいにく、レポートの課題があって……」

「なら、そいつをさっさと終わらせて、七時に文化系サークル棟の前に来いよ。そこで落ち合うことにしようぜ。今日はバイトも休みなんだろう？」

僕がうなずくのを確認すると、「じゃあ、シーユーアゲインってことでいいな」と言って、吉岡はその場を立ち去った。困ったことになったな、と思った。僕は「バイトが休みである」というところに同意したのであって、吉岡と会うことを約束したわけではなかったのだ。故意になのか、あるいは本当に気づかなかったのか、彼はその点を確認せずに行ってしまった。

壁の時計を見ると、四時を過ぎたところだった。七時までは、まだ三時間ほどある。思案の末に、僕はさっさと課題を終わらせることに決めた。あれこれ悩むほどに、上手《うま》くまとまらなさそうな感じがしていたし、それなら、時間的な制約を加えるのもありだ。そのように割り切ると、学生たちの叫び声もあまり気にならなくなり、かえって捗《はかど》った。レポートが指定の枚数に達するまで、僕はノートパソコンと向き合い続けた。

課題を終えると、食堂に移動した。吉岡と会う前に、夕食をとっておこうと思ったのである。僕は醤油《しょうゆ》ラーメンを注文すると、窓の近くの席を陣取って、それをすすった。例によって、いつの間にかあらわれた明神《みょうじん》みなもが、隣の席に座って、うらやましそうにこちらを眺めていた。

僕はいったん箸《はし》をおくと、デイパックから取り出したノートパソコンを立ち上げた。それから【メモ帳】を起動させ、「これは僕の分だからね」と打ち込み、明神みなもに見せた。彼女は頰《ほお》を膨らませると、ノートパソコンを引き寄せ、猛然とキーボードを叩き出した。「呪ってやる」というフレーズが、これでもかとばかりに画面に並んだ。しかし、よくよく見ると、その中のいくつかが、「祝ってやる」や「況ってやる」のように、微妙に異なっている。前者はともかく、後者はどう読んだらいいのかわからない。「何なんだ、これは……」という言葉が、自然と口をついて出た。眉をひそめた僕を見て、彼女は満足そうにうなずいた。彼女のユーモアセンスは、常人には理解しがたいのである。

　ノートパソコンを用いたコミュニケーションは、周囲に人がいないからこそ可能な芸当だった。僕以外の人の目には、キーボードが音を立てて勝手に動いているように見えるはずだからだ。明神みなもは、意識を集中させることによって、多少はものを動かせる。だから、何もノートパソコンでなくても、紙とペンさえあれば、彼女との意思疎通はできる。要するに、音声による対話が無理なら、文章を書けばいいのである。

　重要なのは、前述の手段を用いた明神みなもとの会話が、夏の帰省を境に、明らかに増えてきていることだった。僕と彼女は、出会ったばかりの頃と比べて、確実に、打ち解けた関係になっている。彼女と言葉を交わすことが楽しいと感じている自分がいて、そのような自分を意識するたびに、何だかくすぐったい気持ちになる。この感情の揺らぎは、全くもって、取り扱いに困る案件だった。健斗《けんと》君から借りたサッカーボールの比ではない。美琴《みこと》にこのことを知られたら、「中学生かよ！」と容赦なく切り捨てられるに違いない。

想像するだけで、背筋が伸びる。

醬油ラーメンを完食する頃には、明神みなもの姿は消えていた。僕はノートパソコンをデイパックにしまい込むと、食堂を出て、文化系サークル棟に向かった。


待ち合わせの場所には、約束の十分ほど前に到着した。二階建ての文化系サークル棟は、キャンパスの中心からは少し外れたところ、自然林が残っている地帯にあり、そこはちょうど、工学部棟の裏手に当たる。すっかり日は落ちていたけれど、近くに外灯が立っており、周辺は充分明るかった。タイミング良くエントランスから吉岡が出てきたので声をかけると、「歓迎するぜ」と彼は僕を建物の中に導いた。

吉岡に案内されたのは、建物の二階の端にある、映画研究部の部室だった。いつのことだったか、吉岡は映画研究部では幽霊部員みたいなものだと言っていた気がするけれど、すっかり馴染《なじ》んでいるようだ。吉岡らしいといえば、吉岡らしい。

部室の中央には大きなテーブルが据えられており、そこに十数名の男女が集まって、年代もののデスクトップパソコンを前に、ああでもない、こうでもない、と話をしていた。宍戸《ししど》さんもその輪の中にいたのだけれど、こちらから声をかけることはせず、会釈《えしゃく》をするだけにとどめた。自分たちの撮影した映画の演出をめぐって、熱心に意見交換が行われているようだったからである。

部室の隅《すみ》には、畳の敷かれた一画があり、僕は吉岡にそちらのほうに連れて行かれた。吉岡はその場にいた小柄な女性に僕の紹介をすると、もう自分の仕事は終わったという感じで、僕の肩を数回揉んだ。

「さて、あとはお前に任せるってことでいいよな？」

「何をだよ？」

「学園祭のときに、実行委員の主催で、大規模なバザーが行われるのを知ってますか？」

答えたのは吉岡ではなくて、女性のほうだった。彼女は大きな黒縁の眼鏡をかけており、肩にかかるくらいの栗色の髪は、きっちり同じ長さで切りそろえられていた。

「そのバザーに出すものの選別を、これからやろうと思っているんです。要は仕分け作業ですが、こういう機会でもなければ、部室にものが増える一方ですからね」

「それは……、ええ、まあ、そうかもしれませんよね」

映画研究部の部室は、僕が住んでいるアパートの部屋の倍以上はある広さだったのだが、様々な物品が雑多に置かれていて、かなりの圧迫感があった。控えめに言っても、相当に散らかっている。壁際の背の高い棚に注目してみると、ビデオカメラ、レフ板、カチンコ、マイク、三脚、ガムテープ、DVD、ブルーレイディスク、ファイリングされた紙の資料。工具類として、ドライバー、モンキーレンチ、ペンチ、ニッパー、卓上型の万力などもある。やけくそのように押し込まれている般若《はんにゃ》の面や狸《たぬき》の置き物は、果たして、どのように映画の研究に関わってくるのだろうか。

「じゃあ、俺は別のところにも顔を出さなきゃならないんでな。これでも多忙の身なんだ。ということで、森園、頼んだぜ。しっかり労働に励めよ」

「また、勝手なことを……」

おどけるように口をへの字にすると、吉岡は部室を出て行った。彼は映画研究部だけでなく、アウトドア研究部と、カンフー研究部にも所属している。三つのサークルを掛け持ちしているのだから、多忙なのも、まあ、当然だろう。

「すみませんね。彼には、ちょっと強引なところがあると、私も思います」

「吉岡ですか？　まあ、昨日今日の付き合いでもないですから、あいつの性格は、わかっているつもりですよ」

女性の名前は、黒澤《くろさわ》菜月《なつき》といい、文学部の四年生とのことだった。つまり、三年生の僕にとっては先輩になるのだけれど、そのことを知ってもなお、彼女は丁寧語で喋《しゃべ》り続けた。

「へえ、映画研究部の、黒澤さん……」

「森園君が何を言いたいのか、よくわかりますよ。今まで、散々ネタにされてきましたからね」

「やっぱり、撮影のときは、メガホンを取るわけですか？」

「いえ、私はしがない大道具係ですし」

　要求された作業は、ごくごく単純なものだった。段ボール箱を二つ用意して、部室にある物品を、【必要なもの】と【必要でないもの】に分類し、片っ端から放り込んでいくのだ。僕にはゴミとしか思えないものでも、映画研究部にとっては、そうでない可能性がある。得体のしれないものを見つけたときには、すぐに黒澤さんに相談した。

　一体、何に使用したのか、なぜか猫耳つきのカチューシャが出てくると、黒澤さんは、わざわざそれを装着し、窓ガラスに映った自分の姿を、真剣な表情で眺めた。不意にこちらを向いた彼女に、「どうでしょうか？」と聞かれたのだが、何とも答えようがなかった。彼女は猫耳つきのカチューシャを、【必要でないもの】の段ボール箱にそっと入れた。

　その一連の流れがあったがゆえに、俗にいう【ゴム】の個包装を発見したときは、一瞬、ひやりとした。どういう意味でひやりとしたのかは、推して知るべしである。彼女はそれを、今度は迷うことなく、【必要でないもの】の段ボール箱に入れた。ちなみに、僕が気になっていた般若の面と狸の置き物は、どちらも【必要なもの】に分類され、大いに謎が深まった。

仕分けの作業が終わると、黒澤さんと一緒に、階下の談話スペースに移動した。黒澤さんは、ペットボトルのアイスティーをおごってくれた。僕はありがたくそれを頂戴し、キャップをひねって、一口飲んだ。

「映画研究部の部室に来たのって、初めてですけれど、何かこう、本格的にやっているな、という感じがしますね」

「そう、うちはね、部員も多いし、それに、機材もそろってますから、きちんとやってるほうだと思います。他の大学だと、映画の上映会を企画するくらいで、撮影まではやってなかったりするんですけど……」

談話スペースのソファに腰掛けて、二人で話をした。映画研究部に所属しているだけあって、黒澤さんの趣味は映画鑑賞らしく、週末を映画館で過ごすことが多いそうだ。僕が【ボニー&クライド】でアルバイトをしていることを話すと、「あの駅前の?」と彼女は言った。

「ご存じなんですか?」

「近くに、古本カフェがありますよね? メインは古本屋だけど、コーヒーや紅茶も出してくれるんです。そのお店が、私のお気に入りでして……。ああ、【ボニー&クライド】

には、私も通っていましたよ。ここしばらくは、足を運んでいませんけどね。ほら、今年の初めに、かなり騒ぎになったでしょう？　S大の学生が、その映画館で殺されたって」

「ええ、まあ……」

僕が【ボニー&クライド】で働き始めたのは、吉岡の紹介があったからだ。しかし、そこが殺人事件の現場であることを、最初、僕は知らなかったのである。僕が言葉を濁《にご》していると、黒澤さんは、意外なことを口にした。

「殺されたのは、明神みなも。彼女は、私の友人でした」

「何ですって？」

「彼女と知り合ったのは、大学に入ってからですが、同じ学部ということもあって、よく一緒に遊んだりしていました」

黒澤さんは、淡々とした口調だった。しかし、あえてそのような言い方をしているのではないか、とも思えた。彼女は眉間に皺《しわ》を寄せて、そこに不快な何かがあるみたいに、床をにらみつけていた。

「私は彼女のことが好きでしたし、彼女も、私のことを好いてくれていたと思います。明るくて、素直ないい子でした。あんな素敵な子が、命を奪われてしまうなんて、全く、この世の中は、どうかしています。警察だって、まだ犯人を逮捕できていないみたいですし

「——」

「……明神みなもの死の真相を、知りたいと思いますか？」

「え？」

——大学に入るまで、友達らしい友達も、できなくてね。

——学校での楽しい思い出って、ほとんどないの。

明神みなもは、そう言っていたはずだ。そして、彼女と親しかった女性が、今、僕の目の前にいる。明神みなもが、死してなおこの世にとどまっている理由というのは、彼女に関係があることなのではないだろうか。

「……菜月？　森園君？」

そのとき、談話スペースにやってきた人物がいた。黒澤さんは、我に返ったようにソファから立ち上がると、「それじゃあ、今日はありがとうございました」と言い、その人物——宍戸さんである——の横をすり抜け、廊下の向こうに消えた。去り際に、黒澤さんは、ちらりと宍戸さんに視線を向けた。彼女の様子は、どこか寂しそうに見えた。

「悲しいことにね、もう、まともに口も利いてもらえないんだよ」

宍戸さんは、大きく溜息《ためいき》をついた。談話スペースの蛍光灯がちらつき、かすかな音を立てた。

「明神が例の事件で亡くなってから、菜月は俺を避けるようになった。菜月とは、恋人同士のつもり、だったんだけどな。少なくとも、俺のほうはさ」


学園祭のことを話すと、健斗君は目を輝かせて、「行きたい！　今年こそ、おれも行きたい！」とはしゃいだ。健斗君の所属しているサッカークラブの練習試合が、いつもその時期にあったようで、学園祭に足を運びたくとも、泣く泣く断念せざるを得ない、といったことが、もう何年も続いていたらしい。ところが、今年はどうしても相手のチームの都合がつかず、練習試合はなしになったのだという。そういうことならと、年の離れた友人のために、僕は学園祭の案内役を買って出た。

「君のお父さんとお母さんも、誘ってみたらどう？」

「うん、そうしてみる。でも、真広《まひろ》さん、大丈夫？　彼女の相手とかさ、しなくていいの？」

「僕に恋人はいないから、そういう心配は無用だよ」

「ふうん……、何だか、それって、ちょっとかわいそうだね。もしかして、真広さんって、もてないの？」

「少なくとも、もてると思ったことは、これまでの人生で、ただの一度もないね……」

静かに天を仰ぐ僕の姿は、さぞ憂《うれ》いに満ちていたことだろう。日曜日の昼の空は、どこまでも高く、切ないほどに青かった。

健斗君との交流は、秋になっても続いていた。彼は時々、【ボニー&クライド】にやってきて、サッカーの練習相手になってほしいと僕にせがむ。ゴールに見立てたブロック塀に、シュートを放って当てれば一点、というルールでボールを奪い合うのだが、最近の戦績は、なかなか拮抗《きっこう》している。今日は互いに一点ずつ決めて、引き分けだった。仕事の合間の休憩時間中だけとはいえ、彼の練習に付き合っているうちに、僕も少しは上達したようだ。僕たちは拳《こぶし》を突き合わせて、健闘をたたえ合った。

これから友達の家に遊びに行くという健斗君と別れて、建物の裏口からスタッフルームに戻ると、宍戸さんが屈伸運動をしていた。「じゃあ、そろそろ行こうか」と言われたので、彼と連れだってスタッフルームを出る。【シアター・クライド】で上映されているロードムービーが、そろそろクライマックスを迎えているはずだった。認知症の老人が、一世一代の大勝負と称して、老人ホームから抜け出す、という内容の洋画である。

明神みなもの遺体が発見されたという経緯もあり、【シアター・クライド】での上映は、笹川《ささがわ》さんの判断で、長らく自粛《じしゅく》されていた。上映が再開されたのは、ここ最近のことだ。

以来、それなりにお客さんは入っているのだが、素直に喜べないのは、その中に、明らかに興味本位の気晴らしで、事件のことを尋ねてくる輩《やから》がいるからである。酒の匂いを漂わせている白髪頭の男性に、「俺はさ、殺される側にも、問題はあったんじゃないかって考えてるんだけど、あんた、どう思う？」と聞かれたときは、さすがに腹が立って、つい、ぞんざいな対応をしてしまった。【ボニー&クライド】で働き始めた頃は、そのようなことはなかったのだけれど、それはきっと、事件が起きてから、まだ日が浅かったためなのだろう。事件が風化しかかっている今だからこそ、遠慮なく、あれやこれやと妄想を膨らませることができるのだ。

お客さんのいなくなった【シアター・クライド】で、宍戸さんと一緒に、上映終了後の清掃を行った。【シアター・クライド】の客席数は百。席と席の間隔が広く取られていて、客席の後ろの高い位置に、映写室がある。映写室には巨大な映写装置が置かれており、床には機材をつなぐ無数のケーブルが這《は》いまわっている。

要するに、【シアター・ボニー】と内部の構造は全く同じ、ということだ。とはいえ、上映される映画は、もちろん異なる。【シアター・ボニー】が邦画専門で、【シアター・クライド】が洋画専門という分け方である。

「森園君はさ、映画館で映画を観《み》るとき、どのあたりの席を選ぶ？」

清掃を終えて、一息ついていると、宍戸さんが、そう聞いてきた。シネコンだと、座席が指定されているケースが多いが、【ボニー&クライド】は、完全自由制だ。つまり、上映中に座席を移動することも可能なのである。もちろん、他のお客さんに迷惑がかからない範囲で、という条件付きではあるけれど。

「僕は大体、一番後ろの席ですね。スクリーンに近い位置だと、首が痛くなってしまうので」

「へえ……、俺はね、逆に、最前列が好きなんだよ。せっかくお金を払って観に来たんだから、視界からはみ出るくらいがいいなって考えなんだよね。前の席の人に気を遣う必要もないし、だらしなく、こう、沈み込んで観られるしさ」

「何だか、首以外にも、腰まで痛くなりそうな気が……」

「知ってるかい？ 映画館の最前列を愛してやまない人のことを、専門用語で、【フロンティア】っていうんだよ」

「本当ですか？」

「いや、適当に言ってみただけ」

僕たちは、相手がいいと主張する座席に、それぞれ腰掛けてみることにした。僕は最前列の真ん中に。宍戸さんは、最後列の真ん中に。数メートルほどの距離を置いて、僕たちは感想を言い合った。

「森園君、これじゃあ、家でテレビを観るときと、あまり変わらないんじゃないか？」

「最前列は、空調の風が気になります。僕はやっぱり、後ろのほうがいいですよ」

「うーん、スクリーンっていうのは、見下ろすんじゃなく、見上げるためにあるものだと思うんだけど」

「まあ、好みは人それぞれってことじゃないですかね」

【シアター・クライド】を出て、両開きの扉を閉める。宍戸さんが背中を向けているときに、思い切って、僕はこう切り出してみた。

「その、黒澤さんのことなんですが、恋人同士だった、というのは……」

うん、と小さくうなずいて、宍戸さんは振り向いた。外は昼間でも、建物の中は照明が絞られているので、薄暗い。笹川さんが話したところによると、それは、「映画を観る」という非日常を演出するためらしい。

「最初はね、ちょっと取っつきづらいタイプの女の子だなって、そう思ってたんだよ。ひたむきなのは悪いことじゃないけど、あんまりノリも良くないし、打てば響くような反応も期待できないしさ。でも、あるとき、気づいたんだ。それは彼女が、相手の言葉をきちんと受け止めて、自分なりに解釈した上で返す、ということを意識してるからなんだよね。

そういう姿勢こそが、人と接するときの礼儀だと、彼女はそう考えてるわけなんだよ」

宍戸さんは、やや恥ずかしそうに、指先で頬をかいた。彼の話しぶりからは、黒澤さんへの誠実な想いが伝わってきた。

「いやはや、もう、苦労の連続だったよ。どうして、こんなに手のかかる女の子を好きになっちゃったんだろうってね。二人きりでどこかに出かけるくらいだったら、しつこく頼めば、何とか応じてもらえる。けど、そこから先の関係には、なかなかなれなかったんだ。こっちの好意はばればれだったにもかかわらず、ね。彼女の部屋にあげてもらうまでに、どれだけかかったことか。想像以上に、ガードが堅くてさ。でも、俺は諦めるわけにはいかなかったんだ。どうしてだかわかるかい、森園君?」

「さあ、どうしてでしょう?」

「菜月は、笑うとすごく可愛《かわい》いのさ」

「なら、諦めるわけにはいきませんね」

「あと、几帳面《きちようめん》をこじらせて、若干、天然が入ってる」

猫耳つきのカチューシャを装着した黒澤さんの姿が、頭の中をよぎった。僕はちょっと笑ってしまった。

「菜月自身は、全く気づいてないみたいだけどね」

「ますます可愛いじゃありませんか」

「男には、諦めてはいけないものが二つある。一つは、好きになった女の子。そしてもう一つは、大学を卒業したあとの就職先だ」

なるほど、就職活動を経験した宍戸さんが言うと、重みが違う。彼は三十をこえる会社の面接試験に挑み、業界では中堅どころの銀行から、晴れて内定をもらった。来年からは、その会社で働くことが決まっている。

「まあ、今のは冗談だけど、菜月の件については、強力な支援者がいたんだ。そいつが後押しをしてくれたから、俺もめげずに頑張ることができたってわけさ。彼女と菜月は、仲が良かったからね」

「彼女、というのは……」

「明神みなもさ。明神が、俺と菜月の間に入って、色々と世話を焼いてくれたんだよ」

そのとき、階段を上がってきた笹川さんに、お客さんの対応をしてほしいと呼ばれた。僕たちは「はい」と返事をして、階下に向かった。僕はチケットカウンターの受付に入り、宍戸さんはグッズ売り場で家族連れの相手をした。

発券機の操作をしながら、頭の中で、三人の相関図を描いてみた。明神みなも。宍戸敦《あつ》司《し》。黒澤菜月。明神みなもは宍戸さんと黒澤さんを結びつけることに尽力し、そして、その狙いは達成された。だが、明神みなもの死をきっかけに、宍戸さんと黒澤さんは、あのようなぎくしゃくした間柄になってしまった。

とはいえ、宍戸さんは、黒澤さんに対して、今も変わらず好意を抱いている。黒澤さんは、宍戸さんを避けているみたいだが、強いてそうしているようにも見えた。とすれば、それは好意の裏返しではないだろうか。

好き合っているのであれば、堂々と、仲良くすればいいのだ。そもそも、それが宍戸さんと黒澤さんのあるべき姿なのではないか。父と渚《なぎさ》さんのことを引き合いに出すわけではないが、大切なのは、二人の気持ちだろう。

おせっかいなのは重々承知の上で、何か自分にできることはないだろうか、と考えた。しかし、こういうときに限って、明神みなもは全く姿を見せないのだった。僕は歯がゆい気持ちで日々を過ごしていたが、やがて、あることに気づいた。

宍戸さんと黒澤さんのことが、明神みなもの心残りだというのなら。

それが解消されたとき、彼女は本当の意味で、この世からいなくなってしまうのだ。

明神みなもは、当たり前のように、僕のそばにいた。

だから僕は、そのことを忘れていたのである。

死者は旅立つ。

生者は見送る。

それがこの世界の、あるべき姿なのだと。


十月の中旬までは、半袖《はんそで》一枚でも快適に過ごせていたというのに、下旬に入った途端、急に冷え込むようになった。工学部所属の大学生としては、デジタルな気温変化である、と表現したくなるところだ。僕は慌ててコートをひっぱり出した。一昨年の冬にセール品で購入したものだが、まだ充分、着られると思っている。一番下の銀色のボタンがぐらついているのが気になるけれど、これが取れさえしなければ、きっと、来年も愛用していることだろう。

学園祭の開催まで一週間を切った頃、黒澤さんと会う機会があった。普段は【ボニー＆クライド】でのアルバイトを終えると、僕はまっすぐアパートに帰るのだが、その日は早めに区切りがついたので、少し寄り道してみようかという気になった。日は落ちかかっていたものの、夕飯の食材を買って帰るには早い時間帯だった。

いつもは曲がらない角を曲がり、いつもは通らない細道を歩いていると、ある看板が目にとまった。イーゼルの上に、大きな黒板が載せられており、チョークで店名と営業時間が書かれている。店名は日本語でも英語でもなく、おそらくフランス語ではないかと想像した。看板の先にある建物は、普通の一軒家にしか見えなかったけれど、きっと、知る人ぞ知る、隠れ家的なカフェか何かなのだろう。そのように考えたとき、ぴんと来るものがあったので、僕は店に立ち寄ってみることにした。

――【ボニー&クライド】には、私も通っていましたよ。

――近くに、古本カフェがありますよね？

黒澤さんの言葉を思い出しながらドアを開けると、まさにカウンター席に、その黒澤さんがいるのを発見した。僕の勘も、そう捨てたものではないらしい。

黒澤さんに近づき、「隣、いいですかね」と声をかけた。彼女は手にしていた文庫本から顔を上げると、一瞬、不思議そうに首を傾《かし》げたが、どうやら、思い出してもらえたようである。黒縁眼鏡のずれを直し、「どうぞ、森園君」と椅子を引いてくれた。注文を取りに来た店員に「紅茶をください」とオーダーすると、あっという間に運ばれてきた。僕が来る前から用意して待っていたのではないか、と思えるくらいの早さだった。

カップに砂糖を入れて一口飲み、周囲を見回す。アットホームな雰囲気の漂う店内には、申し訳程度のカウンター席とテーブル席しか存在せず、倒れたら二、三人はまとめて押しつぶせそうな高さと横幅の本棚が、壁に据え付けられて並んでいた。カウンター席の客たちは、そちらに背中を向けて座ることになる。黒澤さんが教えてくれたところによると、この店は、エッセイの品ぞろえが充実しているらしい。

「【穂長晴臣《ほながはるおみ》】のエッセイが本棚に収まっているのを見つけたときは、柄にもなく、興奮しましたね。で、決意したんですよ。私が常連客になって、この店を支えなければならない、と」

「えっと……、すみません、誰ですか？」

「あ、知りません？　私としては、結構な有名人だと思ってるんですけど……」

紅茶を飲みながら、僕は黒澤さんの話に耳を傾けた。【穂長晴臣】というのは、今から二十年ほど前に、アイドル的な人気で一世を風靡《ふうび》した、著名な芸術家だそうだ。トレードマークは、大きすぎるほどの黒いサングラス。今ではマスコミの前に姿を見せることも少なくなったが、それでも、全国に熱狂的なファンがいて、【穂長晴臣】の作品がオークションに出品されると、必ず高値がつくらしい。都心の美術館では、必ず年に二、三回、彼の作品を集めた展示会が開催されている……、とのことだ。【穂長晴臣】という人物について、黒澤さんは熱っぽく、そのように語った。「つまり黒澤さんは、その芸術家のファンなわけですね」と確認すると、彼女は誇らしげにうなずいた。

「特に有名なのは、【デコラ】という一連の作品群ですね」

「【デコラ】?」

「【穂長晴臣】が設定した、架空の民族の名称です。定住地を持たず、町から町へ、村から村へ、時には山や森へ、民族単位で、移動をしながら生活を続ける。それが流浪《るろう》の民、【デコラ】なんです」

音楽。詩歌《しいか》。絵画。彫刻。【穂長晴臣】は、とある美術館の展示スペースを、【デコラ】の営みを表現した、数々の作品で埋め尽くした。それはフィクションの世界に説得力を持たせるための、【穂長晴臣】の試みだった。この【デコラ】の作品群により、彼の芸術家としての地位は、揺るぎないものになったのだという。

黒澤さんがそこまで話をしたところで、「飲み物のお代わりはいかがですか?」と店員が聞きに来た。僕のカップは空になっていたが、黒澤さんのカップには、まだコーヒーが注がれたままである。「いえ、大丈夫ですよ」と僕が手振りで伝えると、店員は店の奥へと引っ込んだ。黒澤さんは、急に不安そうな顔をした。

「あの、私、喋りすぎましたかね? 退屈だったなら、ごめんなさい」

「いや、そんなことはないですよ。僕のほうこそ、気の利いたコメントができなくて……。その手の話題には、どうにも疎《うと》いもので、聞くばかりになってしまいます」

「もしかして、森園君、バイトの帰りですか? 【ボニー&クライド】の」

「ええ、そうですけれど……」

「以前、【穂長晴臣】の作品制作風景を撮影した、ドキュメンタリー映画がつくられたことがあったんですよ。一時間くらいの短編なんですが、ミニシアター系の映画館で公開されたんです。でも、いかにもマニア向けの内容じゃないですか。だから、いまだにソフト化もされていなくて、ファンの間でも、幻の映像作品として扱われているんです。それが何と、【ボニー&クライド】でリバイバル上映されたことがありましてね。こんな幸運もあるんだな、と思いましたよ」

「自分が常連客になって、この映画館を支えなければ、とは思いませんでしたか？」

「思いましたねえ……」

黒澤さんは、懐かしそうに目を細めると、すっかり冷めてしまったであろうコーヒーを、一気に飲み干した。「出ましょうか」と持ち掛けられたので、僕はうなずき、椅子から立ち上がった。

カフェを出ると、外はすっかり暗くなっていた。見上げた空には、いくつか星が瞬《またた》いている。電車に乗って帰るという黒澤さんを、僕は駅まで送ることにした。通りを吹き抜ける風は、コートのボタンをきっちり上までとめていても、なお冷たかった。秋を通り越して、いきなり冬になってしまったような感じである。駅のほうに向かって歩いていると、

「宍戸君から、どこまで聞いたんですか？」と不意に黒澤さんが言った。言葉を選びながら、僕は彼女の質問に答えた。

「あなたと宍戸さんが恋人同士だったということ。二人を結びつけたのが、明神……、さんだったということ。そして、彼女の死によって、あなたと宍戸さんの関係に、ひびが入ってしまったということ。僕が知っているのは、それくらいでしょうかね」

「森園君は、みなもとは、どんな関係だったんです？」

「ええと、まあ、何というか……」

「人には言えないような、秘密の関係？」

「いえ、親しい友人の一人、といったところですかね」

過去形ではなく、現在進行形の友人であるということは、さすがに言えなかった。明神みなもの姿は、僕にしか見えないのだし、誤解を受けそうな物言いは、なるべく避けたかった。

「さっきの話ですけどね。【ボニー＆クライド】でのリバイバル上映があることを私に教えてくれたのは、他ならぬ宍戸君でした」

「そうですか……」

それっきり、会話のないまま、車が二台すれ違えるかどうかの細い路地裏を、ひたすら歩き続けた。黒澤さんからは、何かタイミングを計っているような気配が伝わってきた。再び彼女が口を開いたのは、駅に到着したときだった。

「……あの日、私は宍戸君と会っていたんです」

改札に背を向けて立つ彼女と、僕は正面から向き合った。仕事帰りらしいスーツ姿のサラリーマンたちが、僕と黒澤さんの横を通り過ぎていった。踏切の警報機の鳴り響く音が、遠くから聞こえてきた。

「食事に誘われたんですよ。いい雰囲気のレストランを見つけたから、一緒に行かないかって。これから本格的に就職活動が始まるし、その景気づけにもいいだろうって、そう言われました。でも、同じタイミングで、みなもからも誘いを受けていたんです。最近、全然遊べてないし、たまには、ぱーっとお金を使うことをしたいねって。困った私は、みなもに相談しました。恋人と一緒の時間を大切にしたほうがいいって、彼女は笑顔で言ってくれました。だから私は、宍戸君と会うことにしたんです」

あの日というのは、どの日のことだろう、と考えたのは一瞬で、すぐに理解した。今年の一月の第二月曜日。成人の日。全国的に雪が降っていたその日、僕は地元の式典に参加するため、慣れないスーツに袖を通して、帰省していた。

「つまり、みなもが殺された日に、私は宍戸君と一緒に、都心のレストランで、楽しく食事をしていたわけです。森園君、わかりますか？　私がみなもとの約束を優先させていたら、彼女が死ぬことはなかったんですよ」

——悲しいことにね、もう、まともに口も利いてもらえないんだよ。

——明神が例の事件で亡くなってから、菜月は俺を避けるようになった。

「もちろん、思い悩んでも仕方がないってことは、理解してるつもりです。それはわかってるんです。でも、だからといって、そう簡単には割り切れないんですよ。私は、みなもに合わせる顔がない。きっと、どんなに謝っても、許されることはないでしょう。そう思ったら、宍戸君とも、どう接したらいいのか、わからなくなってしまって——」

「明神さんの事件は、確かに、痛ましいことです。でも、今のお二人の状態を見て、彼女が喜ぶと思いますか？　お二人の関係が途絶えてしまうことを、彼女が望むと思いますか？」

黒澤さんは、何度も首を振った。「失礼します」とかすれた声を出すと、彼女は逃げるように駅の中へと消えた。

「……喜ばないし、望まないだろう？」

すぐ横に立っていた女性に対して、僕は問うまでもない問いかけをした。彼女が友人の不幸を願うような人間でないことを、僕はよく知っているつもりだった。いつの間にかあらわれた彼女は、僕と黒澤さんのやり取りを、ずっとそばで見ていたのである。しかし、黒澤さんが、彼女の存在に気づくことはなかった。

明神みなもが僕の前に姿を見せるのは、本当に、久しぶりのことだった。

アパートに戻る前に、スーパーに寄って、カレーの食材を買った。外食は何かとお金がかかるので、なるべく自炊を心がけているのだが、カレーとチャーハンと野菜炒めくらいしか、僕にはつくれるものがない。料理のレパートリーは一向に増えないままだ。栄養のバランスを考えると、もっとバラエティに富んだ食事のほうがいいに決まっているのだけれど、結局、食べるのは自分なのだ。大して好きでもないものを、わざわざつくって食べようという気には、どうしてもなれない。

そのようなことを、夜道を歩きながら、明神みなもに語って聞かせた。だが、彼女の反応は薄く、物憂《ものう》げに肩を落として、僕の後ろをぼんやりついてくるだけだった。「何だか、まさに幽霊そのものって感じだね」と言ってみたものの、彼女がこちらの軽口に乗ってくることもなかった。アパートに到着すると、彼女は部屋の隅に体育座りをした。自分の膝《ひざ》に顔をうずめて、そのまま動かなくなった。

炊飯器をセットして、台所に立つと、僕は料理を開始した。カレーというのは、僕のように、食へのこだわりがほとんどない人間にとっても、覚えておいて損はない料理だと思う。何せ、ジャガイモとタマネギとニンジンと肉を炒めてルーを入れれば、それで完成なのだ。森園家の台所の主には、「そんなお手軽なものは、到底、料理とは呼べない」と怒られそうだけれど。

何度もつくっているので、作業自体はさくさく進む。目をつむっていてもできるのでは、と考えてしまうくらいだ。炊飯器のブザーが鳴るのを待って、大皿にご飯をよそうと、上から煮込んだルーをかけた。

それから、大皿をテーブルに持っていこうとしたのだが、ここでちょっとしたミスを犯した。床に置かれていた座布団の端を踏み、バランスを崩してよろけてしまったのである。まずい、と思ったときには、もう大皿は僕の手を離れており、そのまま床にカレーがぶちまけられる……、はずだった。しかし、そうはならなかった。大皿は空中でいったん停止すると、滑らかな動きでテーブルの上にそろそろと着地した。部屋の隅にいた明神みなもが、こちらに向かって、手を伸ばしていた。彼女は意識を集中させることによって、多少はものを動かせる。目が合うと、彼女は気まずそうに、顔を背けた。

僕は明神みなもに礼を言って、カレーを食べ始めた。スプーンが皿の底に当たる音が妙に大きく感じて、テレビの電源を入れた。何度もリモコンのボタンを押し、結局、司会者の声が最もうるさかったバラエティ番組に、チャンネルを合わせた。

　放送されていたのは、とあるテーマパークの中で商売をしている、ポップコーンワゴンの紹介だった。司会者以上にやかましいお笑い芸人のコンビが、ワゴンの店主にインタビューをしており、そのときの様子を、スタジオにいるタレントたちが観賞している、という構成である。ワゴンの店主は、定番の塩バターだけでなく、梅味やチョコレート味などの変わり種を用意して、幅広い客層にアピールすることを心がけているらしい。店主は真面目に話をしていたが、お笑い芸人たちは、店主のいかつい外見や、つっかえがちな喋り方をおちょくるばかりで、インタビュアーというよりは、単なる無礼者の二人組といった印象を受けた。しかし、スタジオのタレントたちには、その振る舞いが面白かったようで、何度も笑いが起こっていた。何がそんなに可笑《おか》しいのかはよくわからなかったけれど、明神みなもがテレビに目を向けていたので、チャンネルは変えなかった。

　ポップコーンといえば、映画館でつまむ食べ物の代表格だ。大手のシネコンだと、容器を入れるための受け皿のような部分が、座席に設けられていることがある。しかし、【ボニー&クライド】では、ポップコーンの販売は行われていない。これは、支配人の笹川さんの意向によるものだ。「上映中に、隣の席のお客さんが、容器の底をひっかく音を立てていたら、せっかくの素敵なシーンも、台無しだろう?」というのが、笹川さんの主張なのだが、スタッフの人数が少ないがゆえに、そこまで手が回らない、という理由もあるのだろう。

カレーを食べ終えて、洗い物をしているときに、テーブルの上の携帯電話に着信があった。メールではなく、電話のようである。洗い物を中断し、携帯電話の画面を確認すると、表示されていたのは、美琴の名前だった。

「あ、出た出た。兄さん、今、大丈夫?」

「いいや、全然駄目だね」

「どうして?」

「今、最近知り合った女の子と、いいムードになりかけているところだからさ」

「ああ、そういうつまらない冗談はいいから」

「何だよ、その言い草は。まあ、大丈夫だけれど……、どうかしたのか?」

「いやいや、何も、そんなに身構えなくたっていいじゃない」

「先に言っておくと、お金ならないよ」

わざわざ電話をかけてくるのだから、それなりの理由があるのだろうと思ったが、美琴が話題にしたのは、S大の学園祭のことだった。開催日に合わせて、こちらに出てくるのだという。どうやら、僕にそのガイド役をやらせようという魂胆《こんたん》のようだった。

「一人で来るわけ？」

「うん。そろそろ、自分の進路も考えないといけないなって思ってね。大学の雰囲気を味わうのには、ちょうどいいタイミングでしょう？」

「それはそれは、殊勝な心がけだな」

「じゃあ、そういうことで、よろしくね。あとでまた、メールで連絡入れるから。それじゃあね」

電話が切れたあとで考えたのは、学園祭では、模擬講義の開講も予定されていたはずだ、ということだった。【情報科学概論】や【オートマトンと形式言語】や【並行処理アーキテクチャ】といった講義を体験すれば、S大の工学部の雰囲気を、嫌というほど味わえることだろう。きっと美琴も、涙を流して喜んでくれるに違いない。美琴には、筆記用具とノートを持参するよう、伝えておくべきだ。万が一、持ってくるのを忘れたときには、キャンパス内の生協で買わせることにしよう。それがいい。我ながら、素晴らしい思いつきだ。ちなみに、先述の三科目は、課題の採点が厳しく、受講者の大半が単位を取得できないことで有名である。

洗い物を終えた僕は、改めて、明神みなもと向き合った。テレビの電源が切られていたのは、おそらく、彼女の仕業だろう。彼女は相変わらずの体育座りだったけれど、部屋の隅から、テーブルの近くに移動していた。少なくとも、全くのだんまりを決め込むつもりはないらしい。もちろん、そうでなければ、そもそも、僕の前に姿を見せないだろうし、アパートまでついてくることもないはずだ。

僕はノートパソコンを立ち上げて、【メモ帳】を開いた。明神みなものほうに画面を向け、「君にも色々と、思うところがあるんじゃないか?」と声をかける。彼女は少し顔を上げて、上目遣いに僕を見た。彼女の瞳が、不安をはらんで揺れていた。きちんと整理をつけられていない感情が、彼女の中で渦巻いているのがわかった。

無理にとは言わない。

話したくないのであれば、話さなくてもかまわない。

でも。

君の力になれることが、もし、あるのだとしたら。

「僕は、喜んで、それをするつもりでいるんだよ」

明神みなもの目を見て、はっきりと、自分の気持ちを伝えた。

そうだったのか、と改めて思った。

自分はこんなにも、明神みなもという人間を、特別な存在だと感じているのか、と。

すっきりとした、穏やかな心地だった。

僕の行動が、彼女との別れを早めるかもしれないのに、である。

しばらくして、彼女はキーボードを叩き始めた。

ノートパソコンを介した彼女との会話は、長い秋の夜が明けるまで続いた。


学園祭の初日は、朝からよく晴れた青空が広がった。これはまた、すごい人出になりそうだな、と思いながら、僕は健斗君との待ち合わせ場所——S大の正門である——に向かった。案の定、多くの人が集まっていたが、何とか健斗君を見つけることができた。彼はご両親と一緒であり、お父さんとお母さんの両方と手をつないでいる姿は、年相応というよりも、やや幼く感じられた。「いつも健斗の相手をしていただいているようで、ありがとうございます」「いえいえそんな、大したことではないですよ」「こら健斗、ちょっとは落ち着きなさい」というようなやり取りがあったが、それよりも健斗君は、僕が連れてきた人物のことが、気になっている様子だった。

「……真広さん、確か、彼女なんていないって、言ってなかったっけ？」

健斗君は、僕の隣に立っている人物をまじまじと見て、そう尋ねた。その人物には、健斗君のことを、前もって話してあったのだが、僕の恋人に間違えられた美琴は、苦虫をかみつぶしたような顔をした。しかし、すぐに如才ない笑顔をつくりあげると、膝をついて健斗君と目線を合わせ、「君、なかなかいい度胸してるね」と頭を撫《な》でた。美琴は頭を撫でたのであって、アイアンクローをかましたわけではなかったはずなのだが、ロボットのように僕のほうを振り向いた健斗君は、明らかに怯《おび》えた表情をしていた。彼の心痛を和らげるべく、僕は【フランクフルト】や【じゃがバター】をおごり、さらには、メインストリートを練り歩いていた学園祭のマスコットたち（要は着ぐるみである）から、いくつも風船をもらわなくてはならなかった。

しかし、健斗君と美琴が打ち解けるのに、それほど時間はかからなかった。特設ステージのバンドの生演奏を聴いたり、図書館の前でチアリーディング部のパフォーマンスを見たりといったことをしているうちに、二人はすっかり意気投合していた。僕が美琴を模擬講義に連れて行こうとすると、「そんなの美琴さんもつまらないだろうし、別のがいいと思うな」と健斗君は美琴の味方をした。

「あんなに楽しそうな健斗を見るのは、久しぶりな気がしますね」

来場者のための休憩所で一休みしているときに、健斗君のお父さんが、そんなことを口にした。健斗君のお母さんも、嬉《うれ》しそうにうなずいた。

「森園さんの話は、よく、健斗から聞いています。その……、うちはどちらも働きに出ているものですから、あまり、息子の相手をすることもできなくて。もちろん、それを言い訳にはしたくないんですが、なかなか、こう、上手くいかないんですよ。今日だって、三人で来られるかどうか、ぎりぎりまで、わかりませんでしたし」

「息子さんが楽しそうだというのは、僕にもわかります。普段は、もっと大人びているというか、しっかりしている感じがしますからね。今日は、ずいぶんとはしゃいでいるように見えます。お父さんとお母さんが一緒で、きっと、嬉しいんだと思いますよ」

僕がそう言うと、健斗君のお父さんとお母さんは、顔を見合わせて、どこか誇らしげに笑った。最初に二人を見たとき、健斗君はお母さん似なのかな、と思ったのだが、笑ったときの顔は、お父さんのほうに似ているような気がした。

休憩所は、S大が所有する運動場の隅に設けられており、健斗君は、白線の引かれたピッチの中で、美琴と一緒に、S大のサッカー部員とのミニゲームに参加していた。こんなときでもボールを追って走り回っているのだから、健斗君は、よほどサッカーというスポーツが好きなのだろう。参加すればお菓子がもらえるという触れ込みだったが、僕はさっさと休憩所のベンチに避難した。おかげで健斗君と美琴には、【お年寄り】の烙印《らくいん》を押されてしまった。

「小さい頃は病気がちで、すぐに熱を出しては、寝込んでばかりいたんです。健斗は本当に、体力のない子でした。おとなしくて、いつもうつむいていて、声も小さくて、だから、なかなか友達もできなくて……。母親の私にも責任があるんじゃないかって、不安で仕方がなかったこともあります。せめて人並みに育ってほしいと、そう願ってばかりいました。今となっては、もう、笑い話ですけどね」

健斗君のお母さんは、息子の姿を目で追っていた。美琴からのパスを受けた健斗君は、素早くゴールに近づき、シュートを放った。もちろん、子供が相手ということで、S大のサッカー部員も手加減はしているはずだが、それでも、健斗君のドリブルには、目を見張るようなキレがあった。見事にゴールネットを揺らした健斗君は、こちらに駆けてきて、美琴とだけでなく、ご両親と僕にもハイタッチを求めた。

「息子は私たちにとって、かけがえのない、大切な宝物です。何があっても、失いたくない。あの子を守るためなら、どんなことだって、できてしまうような気がするんです。親って、不思議な生き物ですね。だって、どんなに疲れて家に帰ってきても、子供の寝顔を見るだけで、全身に、力があふれてくるんですよ」

小さなストライカーがピッチに戻ると、健斗君のお父さんが、そう言った。

かけがえのない、大切な宝物。

何があっても、失いたくない。

健斗君のお父さんの言葉を、僕は心の中で繰り返した。


相馬《そうま》家の面々とは、屋台で買った【焼きそば】を食べたあとで、別れることにした。家族で過ごす休日に、もう案内役は必要ないだろうと感じたからだが、僕は僕で、映画研究部の上映会に顔を出しておきたい、という理由もあった。実は、宍戸さんと吉岡の双方から、無料で映画を観られるチケットをもらっていたのだ。誘いを受けておいて行かないというのは、性格的に、どうにも気が引ける。

「つまり、僕は今、チケットを二枚持っている、ということになるわけだけれど……」

「何だかさ、漫画か何かの展開をなぞってる感じがしない？　ほら、たまたま招待券をもらったから、あなたも一緒にどうですか、みたいな。それってちょっと、恥ずかしくない？」

「まあ、僕と一緒が嫌だっていうなら、無理にとは言わないよ」

「……別に、嫌だってことはないけどさ」

上映会が行われる場所は、去年と同じく、講堂である。何だかんだとぶつくさ文句を垂れてはいたものの、結局、美琴はついてきたので、メインストリートを一緒に歩きながら、目についた建物の説明をした。あっちにあるのが、医学部の研究棟。その向こうに見えるのは、去年できたばかりの留学生交流センター。反対側の平たい建物は、実験で使った廃水の処理施設で……。

「まあ、キャンパスの西側は、大体こんな感じかな。東側には、学生の宿舎が集中してているね。そっちのほうでは、今日はミスコンの予選をやっているはずだよ。興味があるなら、また、あとで案内をするけれど」

「……あのさ、兄さん、今日、駅で会ったときからずっと思ってたこと、聞いてもいい？」

「何だよ、急に……」

「何があったの？」

「……は？」

「何か、あったんでしょう？　今までの兄さんの人生では想像もできないくらいの、ビッグ・イベントが。家族だもん、一目見ればわかるよ。だって、夏に実家に帰ってきたときとは、顔つきが違うもの。健斗君が言ってたみたいに、本当に、恋人でもできたんじゃない？」

「恋人がいたら、お前の相手なんかしていないよ」

「でも、こういうことって、実際はいる人ほど、いないって言うんだよね」

「実際にいない人も、いないって言うんじゃないかな……」

鋭いようで、しかしどこか的外れな美琴の追及をかわしているうちに、講堂に到着した。

S大の講堂は、二階建ての建物である。一階は各種のセレモニーで使用される大スペースになっているのだが、二階には様々な広さの会議室が並んでいて、大学関係者でなくても、きちんと手続きさえすれば、使用することができる。映画研究部による上映会は、その中でも、一番大きな会議室で行われることになっていた。午前中に一回、午後に一回で、計二回の上映である。

ガラス張りのエントランスから、建物の中に入る。すぐ脇にある階段を上がると、奥に向かって廊下が伸びており、すでに開場を待つ人たちの列ができていた。僕と美琴がその列の最後尾に並ぶと、見知った人物が、小走りで通り過ぎていった。何やら切迫した様子だったので、声をかけるのは控えたのだけれど、彼——吉岡である——のほうが気づいて、こちらに近づいてきた。

「おお、来てくれたんだな。さすがは義理堅い森園だぜ」

「どうかしたのか？　何だか、急いでいるみたいだけれど」

「ああ、その……、ちょっとな。上映前のセッティングに手間取ってたんだ。でも、ひとまずどうにかなりそうで、ほっとしてるところだよ。ところで、そちらのお嬢さんは?」

「……お嬢さん、ねえ」

吉岡の熱視線は、僕の後ろに隠れている美琴に向けられていた。美琴は明らかに、吉岡を警戒していた。当然だろう。というか、高身長と筋骨隆々《きんこつりゅうりゅう》の肉体と山男のようなひげ面《づら》の三点セットを持ち合わせている吉岡に対し、初対面でフレンドリーな態度を取れる人間がいたら、僕もぜひお目にかかりたいものである。

「ええと……、森園美琴、です」

僕が背中を押して無理やり前に出すと、美琴は蚊の鳴くような声で挨拶《あいさつ》をした。吉岡は大きくのけぞって、「おいおい、勘弁してくれよ」と額《ひたい》に手を当てた。

「何? 森園、お前、こんな可愛い妹がいたわけ? どうして隠してたんだよ? ええ?」

「いや、あのな、あんまり、大きな声を――」

「吉岡君、見つかった?」

すぐそばで声がしたので振り向くと、宍戸さんが立っていた。「ああ、いえ、まだです」と吉岡は答えたが、すかさず、「ちょっと見てくださいよ、森園の奴《やつ》、生意気にも、妹がいたみたいですよ」と告げ口した。美琴が不機嫌になる前に、僕はこの話題を打ち切るべく、「もしかして、誰かを探してたりします?」と聞いた。

「実は、そうなんだよ。森園君、菜月を見なかったかい？」

「黒澤さんですか？　いえ、今日は一度も」

「この時間はね、菜月がお客さんの対応をすることになってたんだ。でも、連絡が取れなくてさ。午前中は、講堂の外で呼び込みをしてたんだよ。その様子は、俺も吉岡君も、確認してるんだ。それが、お昼を過ぎたあたりから、いつの間にか、姿が見えなくなっててね。映画研究部の連中にも聞いてみたんだけど、誰も行き先を知らないんだ。電話にも出ないし、何だか気になるなってことで、手の空いてる部員たちで探してるんだよ。何も言わずに、自分の仕事をさぼるような奴じゃないしさ。まあ、森園君も、菜月を見かけたら、連絡をくれると助かるよ」

　宍戸さんと吉岡が立ち去ったあとで、携帯電話の時計を確認すると、二時五十分だった。つまり、黒澤さんは、三時間ほど、映画研究部の人たちの前から姿を消していることになる。確かに、彼女の人となりからすると、断りも入れずに、どこかで遊びほうけているとは考えにくい。少し気にはなったけれど、しかし、そのときの僕は、この事態を深刻に受け止めることはしなかった。

　人の流れに沿って会議室に入り、空いていた席に美琴と並んで腰掛けた。最前列から最後列まで、全て人で埋まっていた。満員御礼というやつだ。客席数は五十あるかないかだったけれど、ここまでの盛況ぶりは、【ボニー&クライド】でも経験したことがないから、大した人気である。

映画の内容はというと、昨年の学園祭で上映されたものの続編だった。主人公の体育学部の学生が、復活した悪のカンフーマスターと、またもや盛大なアクションを繰り広げる。単純明快で、変に頭を使う必要がない。カンフーマスターの役を務めていたのはやはり吉岡だったが、地獄の底から蘇《よみがえ》ったという設定のため、ゾンビのようなメイクを施《ほどこ》されていた。昨年と違ったのは、NGシーンを編集したものが、エンドロールで流されていたことだ。【ジャッキー・チェン】が出演している映画でお馴染みの、あれである。悪のカンフーマスターがヌンチャクの取り扱いに失敗し、股間《こかん》に多大なダメージを負うシーンでは、大きな笑いが起こった。すると、美琴が次のような感想を、僕に耳打ちしてきた。

「ねえ、兄さん、本筋じゃないところでお客さんが喜んじゃうのって、映画としては、あまりよろしくないのでは?」

「それは、もしかしたら、そうかもしれないな……」

一時間ほどの映画鑑賞を終えて、会議室を出るときに、「森園君」と肩を叩かれた。【ボニー&クライド】の外でその二人に会うのは、居酒屋での歓迎会を抜きにすれば初めてだったので、ちょっとびっくりした。

「お二人も、学園祭に来ていたんですね」

「ああ。たまには、人の多いところに出かけてみるのもいいんじゃないかと思ってね。【ボニー&クライド】は、臨時休業ってことにしたよ。しかし、予想はしていたけど、とてつもない混雑だね。森園君は、特設ステージのライブを見たかい？　まだ昼間だっていうのに、ものすごい盛り上がりだったよ」

「いや、僕もよくは知らないんですが、そこそこ有名なバンドらしいですよ。ボーカルがS大の学生で、アルバムも何枚か出しているそうです」

僕に声をかけたのは、笹川さんだった。付き従うように、翔子《しょうこ》さんもその横に立っていた。【ボニー&クライド】にいるときと同じように、二人ともグレーのスーツに身を包んでいた。

「それにしても、上映会は大盛況だったね。あと少し遅れていたら、中に入れないところだった」

「映画はどうでした？」

「うん、何というか、作り手が楽しんでいるのが、ひしひしと伝わってくるよね。実にわかりやすい。映画は娯楽だ。わかりやすいのが、一番だよ。あれが二百円で観られるだなんて、安すぎるんじゃないのかな。良心的というか、出血大サービスだね」

「一言、言ってくだされば、チケットをお譲りしたのに……」

「いいんだよ、多少は投資をしないと、楽しめるものも楽しめないからね。ところで、そちらの方は？」

「ああ、失礼しました。こいつは、ですね——」

僕が美琴を紹介すると、笹川さんも翔子さんも、笑みを浮かべて美琴に手を差し出した。握手にはすぐに応じたものの、美琴は不思議そうに首をひねった。

「その、兄さんとは、どういう関係の人なの？」

「バイト先の雇い主だよ。つまり、映画館の支配人ってこと」

「映画館？　兄さん、映画館でバイトしてるの？」

「あれ？　お前には、言ってなかったんだっけ？」

「いやいや、知らないよ、そんなの。スーパーの店員はどうしたの？　やめちゃったの？」

「とっくの昔にね。まあ、色々あったんだよ」

階下の大スペースがドリンクバーになっており、テーブルや椅子が用意されていたので、僕たちはそこで話をした。笹川さんと翔子さんの二人に、美琴は興味を惹《ひ》かれたようだった。確かに、映画館を経営している夫婦に会うことなんて、そうそうないだろう。美琴は二人に次々と質問をした。答えたのは笹川さんだったが、そのやり取りの中で、僕も初めて聞く話がたくさんあった。

「うーん、まさか、笹川さんも、S大の出身だったとは……」

「その頃は、今の講堂みたいな立派な建物なんてなかったから、入学式も卒業式も、体育館でやってたんだよ。昔からやたらとキャンパスは広かったけど、ただ意味もなく広いだけだったたし、移動するのが大変だった、という印象が強いね。慣れないうちは、何度も講義に遅刻したもんさ。まあ、それはそれでいい思い出のような気もするから、何というか、自分も年を取ったんだなあって、しみじみそう感じるよ。二十年くらい前のことだから、間違いなく、年は取ってるんだけどさ」

「まさしく、人に歴史あり、ですね」

「……森園君は、時々、二十歳《はたち》そこそことは思えない物言いをするよね」

「そうでしょうか？」

「つまり、兄さんは、若々しくないんだよ。体力だってないしね」

「美琴、お前は黙っていろ」

笹川さんは、映画の撮影に興味があったそうだが、残念ながら、当時のS大には、映画研究部がなかった。そのため、暇を見つけては映画館に通うことで、自分を慰めていたという。そして、最も頻繁に足を運んでいた映画館——それこそが、【ボニー&クライド】である——の支配人と、親しい間柄になった。箕輪《みのわ》さんというその人物は、笹川さんが趣味で映像づくりをしていることを知り、営業時間の終了後に、スクリーンを使っての上映を許可してくれたらしい。

「へえ、素敵な話じゃないですか」

「一人で撮影して、一人で編集したものだから、いかにも素人っぽい仕上がりだったんだけどね。たった十五分の尺《しゃく》なのに、百回くらい、自己嫌悪で死にそうになったよ。いいものができたかもって、密《ひそ》かに自信があっただけに、なおさらね。どうやら自分には映画を撮る才能はないらしいぞって気づいて、そこで、すっぱりその道は諦めた。自分は映画を観て楽しむ側の人間なんだなって、痛感したわけだ」

大学を卒業すると、笹川さんは、都内の商社で働き始めた。営業の仕事はとにかくハードで、寝る間も惜しんで働いたが、そのぶん、成果が出たときは、喜ばしい気持ちになった。あっという間に時が経《た》ち、気づけば笹川さんには、何人もの部下ができていた。

大学卒業後も、笹川さんと箕輪さんの付き合いは続いていた。月に一度くらいのペースで、互いに近況報告のメールを送り合う程度だったが、あるとき、箕輪さんから笹川さんに、一本の電話が入った。箕輪さんは、【ボニー&クライド】をたたもうかと思っている、と笹川さんに告げた。

「とりあえず、会って話をしましょうと、そういうことになったんだけど、理由は、箕輪さんの病気だった。ヘビースモーカーだったからね、肺をやられたんだよ。やたらと咳《せき》が出るわ、少し歩いただけで息切れはするわ、しきりに胸は痛むわで、これは何だかおかしいぞって、箕輪さんも不安になったらしい。それで病院で診てもらったら、もう、手遅れだと」

好きなように生きてきたから、自分のことに関しては、これといって悔いはない、と箕輪さんは言ったらしい。ただ、と彼は続けた。ただ、気がかりなのは、翔子のことだ、と。

「箕輪さんの娘さんが、翔子さん……」

「もちろん、翔子と面識はあった。高校を卒業してから、翔子はずっと、【ボニー&クライド】で、箕輪さんの手伝いをしていたんだ。箕輪さんは、男手一つで、翔子を育ててきたんだよ。悪いことは重なるものでね。箕輪さんの病気に匹敵するくらいの辛《つら》い問題を、翔子も抱えていたんだ。箕輪さんが心配していたのは、そのことだったのさ」

「辛い問題、ですか?」

「ああ。女性だけが宿すことのできる、小さな命に関する問題……、とでも表現すれば、

どうやら控えたほうが良さそうだった。
察してもらえるかな？」
隣に座っていた美琴が、僕の腹を肘《ひじ》でつついた。それ以上の追及をこの場でするのは、どうやら控えたほうが良さそうだった。

笹川さんは、今後の身の振り方について、深く考えたという。会社に対する愛着。学生のときに通った、思い入れのある映画館。ようやく仕事を任せられるようになってきた、可愛い部下たち。そして、箕輪さんが、わざわざ自分に連絡をしてきたことの意味。様々な事柄が、笹川さんの頭の中を行き来した。やがて彼は、重大な決断を下した。

「あとは、大体、森園君の知っている通りだよ。かくして、箕輪さんから【ボニー&クライド】を譲り受けて、二代目の支配人が誕生した、というわけだ」

「それは、何というか……」

「人に歴史あり、だろう？」

ははは、と笹川さんは快活に笑った。翔子さんは、終始口を挟むことなく、笹川さんの隣で、黙ってうなずいていた。

正門前のバス停で、二人を見送った。バスに乗り込むとき、笹川さんはステップに足をかけて振り返り、翔子さんの手を引いた。笹川さんの仕草には、全く不自然なところがなかった。バスが去ったあとで、美琴が感心したように言った。

「素敵な空気感のある二人だったね。積み重ねてきた年月の重みっていうかさ、簡単には断ち切れそうもない、強い絆《きずな》を感じたよ。兄さんも、笹川さんの紳士的なところを、少しは見習ったほうがいいんじゃない？」

「お前は、本当に、いちいち僕に突っかかってくるよな……」

それからは、美琴と二人で、実行委員主催のバザーを見て回った。バザーは体育館を使って行われており、床にビニールシートが敷かれ、その上に様々な品物が置かれていた。映画研究部での仕分け作業を例に引くわけではないけれど、傷だらけの家具や、片方の足が欠けているフィギュアや、セロハンテープで補強された陶磁器などが並んでいる様子からすると、不要であることはわかりきっているものの、捨てるのも面倒だった品々が売りに出されているのだろう。僕は何も買わなかったが、美琴は好きな作家の文庫本を見つけたらしく、十円だったそれを、一円まで値切って購入していた。清々《すがすが》しいくらい、血も涙もない奴である。

美琴を駅まで送り届けることが、本日の僕の最後の任務だった。すっかり日が暮れてしまっても、美琴は電車の時刻を気にしていなかったので、このまま泊まっていくつもりなのかと思ったのだが、「そんなわけないでしょう」と一蹴された。明日の日曜日は、朝から友達と遊びに出かける約束をしているのだという。

「兄さんも、友達は大切にしたほうがいいよ。じゃあ、今日はありがとうね。年末には帰ってくるんでしょう？　次に顔を合わせるのは、そのときになるのかな？」

「たぶんな。まあ、気をつけて帰れよ。父さんと……、それから、渚さんにも、よろしくな」

「兄さん……」

「何だよ、その顔は」

「大人になったねえ……」

僕が拳を振り上げるのと、美琴が切符を改札に通すのは、ほぼ同時だった。改札の向こう側に逃げた美琴は、「大丈夫だよ、二人には、ちゃんと伝えとくから」と言い、颯爽《さっそう》とホームのほうへ歩いていった。

美琴とわかれたあと、僕はコンビニに立ち寄り、【肉まん】を買った。昼間からちょこちょこ何がしかを口にしていたせいか、それほどお腹《なか》は減っていないので、夕飯はこれで充分だろう。コンビニの店先で【肉まん】をほおばりつつ、僕は窓ガラスに貼られていた、S大の学園祭のポスターを眺めた。友達は大切にしたほうがいいよ、という美琴の言葉を気にしたわけではなかったけれど、宍戸さんと吉岡には、映画の感想を伝えておくべきだろうな、と思った。チケットをもらったことに対するお礼も兼ねて、僕は携帯電話から二人にメールを送信し、アパートに向かって歩き始めた。すると、信号待ちをしているときに、携帯電話が震え出した。メールの返信かと思ったのだが、吉岡からの電話だった。

「よお、どうしたんだよ。わざわざお前が電話をかけてくるなんて、珍しいじゃないか」

「森園、今、話しても大丈夫か？」

「今か？　別に、問題ないけれど……」

吉岡の声は、普段と違って、張りつめていた。彼の言葉が聞き取れるよう、僕は人ごみから離れて、道路脇の植え込みの縁に腰掛けた。

「お前には、伝えておいたほうがいいかもしれないって思ってな。俺は今、S大の附属病院にいるんだよ。宍戸さんも一緒だ」

「病院？　何でまた——」

「理由は、黒澤さんさ。どうやら彼女、学園祭の最中に、何者かに襲われたらしい。午後の上映会のときに姿を見せなかったのは、そのせいだ。俺と宍戸さんで、意識を失っている黒澤さんを発見してな。二人で彼女を病院に運んだんだよ」

目の前を行き交う車のヘッドライトがまぶしくて、僕は顔を背けた。ひときわ強く北風が吹き、街路樹を揺らした。葉擦《はず》れの音が、やけに大きく耳に残った。

第四章　ウィンター・メモリー

……ある寒い冬の日に、その赤ん坊は、細い路地の脇に放置されていた。泣いて助けを求めることもせず、ただ、空から落ちてくる白い雪の欠片《かけら》を、不思議そうに眺めていた。新聞紙にくるまれていたその赤ん坊を発見したのは、部活帰りの女子高生だった。驚いた女子高生は、自宅の母親に電話をかけた。その女子高生の母親が市役所に連絡を取り、赤ん坊はすぐさま乳児院に移され、そこで【明神《みようじん》みなも】という名前を与えられた。

明神みなもは、二歳を迎えるまでの期間を乳児院で過ごしたが、その後、市内の児童養護施設に預けられることになった。その施設は鉄筋コンクリートの三階建てで、一階が食堂や図書室や医務室などの共用スペースになっており、二階と三階が子供たちの居室だった。施設の職員たちが泊まり込むための部屋を除けば個室はなく、二人の子供に対して、一つの部屋が割り当てられていた。部屋の広さは八畳ほどで、二段ベッドと机が置かれていたが、テレビはなかった。施設に預けられていたのは、何らかの理由があって親と暮らすことができない子供たちばかりで、両親の身元が全くわからない子供は、明神みなも以外にいなかった。

施設に入って数年が経過した頃、明神みなもは、ある少女と同室になった。その少女の両親は、どちらも健在だったが、どうしても働き口が見つからず、貧困ゆえに、施設を頼ったらしい。少女は、時々、両親と一緒にアパートで暮らしていた頃のことを話してくれた。日々の生活もままならないのに、家には高価なバイオリンがあったこと。そのバイオリンは、母方の祖母の形見であったこと。母親のバイオリンの演奏に、父親と一緒に耳を傾けたこと。ところがアパートは壁が薄かったので、両隣の部屋の住人には迷惑がられていたこと。アパートの管理人に苦情が寄せられるたびに、三人で謝りに行っていたこと……。

「パパもママも、必ず迎えにくるって、約束してくれた。だからわたしは、ここで二人を待ってるの」

その少女は、線が細くて青白い肌をしていて、いかにも不健康そうな外見だった。そばにいるだけで気が滅入ってしまいそうなマイナスのオーラを発しており、初めて会ったときに、「みなもちゃんのほうがお姉さんなんだから、これから仲良くしてあげるんだよ」と施設の職員に言われ、明神みなもは、思わず後ずさりした。実際、少女のいないところで、「あいつ、何だか気味が悪いな」と漏らしている子供も、何人かいた。

だが、家族の話をするときだけは、彼女の声にも張りがあり、目に光が宿っていた。家族というものに、明神みなもが思いを馳《は》せるようになったのは、その少女の影響だった。施設の職員たちは、その道のプロではあったけれど、あくまでも仕事の一環として子供たちと接しており、彼らから温かさや人情といったものを感じ取ることは難しかった。その少女が話してくれたエピソードの全てを、明神みなもは、しっかりと記憶した。なかなか寝つけない夜は、それらを思い返して、心を落ち着かせた。顔も知らない自分の両親について イメージするのは難しかったが、少女の両親を頭の中に思い描いているうちに、自然と眠りに落ちることができた。

その少女は、再び両親と暮らせるようになることを、強く望んでいた。明神みなもも、そのような日がくればいいな、と思っていた。しかし、その夢が叶《かな》うことはなかった。超大型の台風が直撃し、市内が猛烈な雨と風に襲われた秋の終わりに、少女は水かさの増した川に落ちて、何十キロも先の隣県の町まで流された。学校から施設に帰る途中で起きた、不幸な水難事故だった。

少女が使っていた勉強道具や、少女が着ていた衣服などを、少女の両親が引き取りに来た。明神みなもは、そのときに、初めて少女の両親に会った。どちらも灰色のスウェットを着ており、足元はサンダルで、髪の毛はぼさぼさだった。明神みなもは、思い切ってバイオリンのことを尋ねてみた。だが、何の話をしているのかわからない、という反応しか、返ってこなかった。

　少女の両親が帰ったあとで、明神みなもは、その反応が意味するところを考えた。少女が自分に語っていたのは、全て妄想だったのだと結論付ける以外になかった。そして、少女がそのような妄想を抱くに至った経緯を想像し、静かに泣いた。眠れない夜に、少女の両親のことを考えるのもやめた。目を開いて、天井の染みを見つめながら、暗闇《くらやみ》の中で、ひたすら朝が来るのを待った。


　吉岡《よしおか》からの連絡を受けた翌日、僕はS大の附属病院に向かった。本当は、昨日のうちに黒澤《くろさわ》さんの様子を見ておきたかったのだけれど、吉岡と電話で話したときにはすでに面会時間を過ぎていたので、病院のルールに従った。

　二時過ぎに、黒澤さんの病室を訪れた。彼女の病室は、三階にあった。病室の番号は、吉岡から聞いていたので知っていた。大部屋ではなく個室だったのは、きっと、黒澤さんが発見された経緯を考慮してのことなのだろう。ドアを二度ノックして、「どうぞ」という返事がくるのを待ってから、僕は中に入った。その返事は、明らかに、女性の声ではなかった。

病室の中は、明かりがついているにもかかわらず、薄暗かった。入ってきたドアの反対側に窓があり、その近くにベッドが設置されていた。ベッドから上半身を起こしている黒澤さんは、病院指定の病衣に身を包んでおり、彼女の姿がまず目についたが、ベッドの脇に丸椅子《まるいす》が置かれていて、そこに宍戸《ししど》さんが腰掛けていた。先ほどのノックに対して返事をしたのは、彼だった。二言三言、彼とのやり取りがあったのだけれど、黒澤さんが会話に加わってくることはなかった。僕のほうから声をかけても、黒澤さんは、何の反応も示さなかった。

重苦しい空気が、病室の中を支配していた。黒澤さんの頭には白い包帯が巻かれており、彼女は宙を見据えたまま、ぴくりとも動かなかった。そんな黒澤さんを心配そうに見守っている存在が、宍戸さんの他にも、この病室の中にいた。しかし、黒澤さんも宍戸さんも、彼女の存在には気づいていなかった。

明神みなもである。

彼女は窓の近くに立ち、今にも泣き出しそうな表情で、黒澤さんを見つめていた。

昨夜、僕の住んでいる木造アパートにあらわれた明神みなもに、黒澤さんのことを告げると、引き留める間もなく、部屋を飛び出していった。おそらく、一晩中、彼女は黒澤さんのそばにいたのだろう。

やがて、宍戸さんが丸椅子から立ち上がり、「外で話そうか」と僕に耳打ちした。僕は明神みなもに視線を向けた。目が合うと、彼女は辛《つら》そうに首を振った。

宍戸さんと二人で、病院の廊下を歩いた。院内はとても静かで、しばらくは無言の時間が続いたが、とある窓ガラスの前で、彼は立ち止まった。

「……俺にとってはね、大事件だったんだよ。でも、世間の人にとっては、全然、そんなことないらしいね」

そこからは、S大のキャンパスを見下ろすことができた。S大の附属病院は、キャンパスの外にあるものの、距離的にはそれほど離れていない。昨日に引き続き、S大では学園祭が開催されており、相変わらずの大にぎわいだった。病院の中からでも、キャンパス内をたくさんの人が行き来しているのがわかった。

宍戸さんは丸眼鏡を外すと、指先で眉間を揉み、大きく息を吐いた。彼の目は赤く、やや腫れぼったくなっていた。

「菜月《なつき》を発見したときは、本当に、身の凍る思いがした。吉岡君に肩を揺さぶられて、ようやく我に返ったくらいだ。彼がいてくれて助かったよ。俺は動揺するばかりで、冷静に行動できるような状態じゃなかったからね。実際、救急車を呼ぶよりも、車で病院まで菜月を運んだほうが早い、という判断を下したのも、吉岡君だった」

S大の学生には、車を所有している者も少なくない。吉岡もその一人なのだ。キャンパス内には、学生用の駐車場もある。

「昨夜は、どうされたんですか?」

「一応、自分のアパートに戻ったよ。案の定、一睡もできやしなかったけどね。本当は、ここに泊まりたかったくらいだ」

「……心中、お察しします」

宍戸さんの気持ち。そして、明神みなもの気持ち。二人のことを考えると、胸が苦しくなった。

「夕方に、警察が事情聴取に来ることになってる。でも、今の菜月が一人で対応できるとも思えないから、こうしてやってきたってわけさ。俺が知ってるのは、彼女を見つけたときの状況くらいだし、その情報がどれだけ捜査に役立つのかも、怪しいものだけど……」

「そのときの話を、聞かせてもらってもいいでしょうか?」

「ああ、もちろんさ。というか、むしろ、俺のほうから、お願いしたいくらいだよ。正直、誰かと話をしてないと、何だか落ち着かない気分なんだ」

宍戸さんが言うには、僕と美琴《みこと》の森園兄妹《もりぞのきょうだい》と別れたあと、改めて、吉岡と一緒に、講堂の周辺を見て回ったそうだ。しかし、黒澤さんの姿は見当たらず、ひとまず、二人で文化系サークル棟のほうに向かうことにした。彼女が忘れ物か何かを映画研究部の部室に取りに行ったが、それが見つからないためにそこにとどまっているのではないか、と考えたのである。文化系サークル棟は、キャンパス内の自然林が残っている地帯にあり、講堂の裏から伸びている細道をしばらく歩くと、エントランスの手前の少し開けたところに出られるようになっていた。

宍戸さんと吉岡は、そろってエントランスから文化系サークル棟の中に入った。一階の談話スペースを抜け、階段を上がり、二階の端にある映画研究部の部室を目指した。その途中で、二人は誰ともすれ違わなかった。

部室のドアを開けた二人が目にしたのは、背のある椅子に深く腰掛けている、黒澤さんの後ろ姿だった。映画研究部の部室の中央には、大きなテーブルが据えられており、その上に、年代もののデスクトップパソコンが置かれている。二人は最初、黒澤さんが、そのパソコンで何か作業をしているのだと考えた。しかし、それにしては頭の角度が横に傾きすぎているし、後ろから声をかけても反応がない。そこで宍戸さんが黒澤さんに近づいて、彼女の様子を確かめた。そしてようやく、異変に気づいたのである。

黒澤さんは、気を失っていた。彼女の側頭部には、何か硬いもので殴られたような形跡があり、そこから血が流れ出していた。テーブルの下には、血の付いたモンキーレンチが転がっていた。

「モンキーレンチ、ですか？」

「映画研究部の部室に、普段から置いてあるものだ。映画の撮影用機材をボルトで固定するときに使うから、結構な大きさなんだよ」

「うーん……」

そういえば、と思い出す。以前、映画研究部の部室に入らせてもらったときに、様々な工具が、壁際の背の高い棚に置かれていたはずだ。

「……つまり犯人は、その場にあるものを、凶器として使ったわけですね。用意してきた何かで、黒澤さんを襲ったのではない、と」

「ああ、そういうことになるな。頭を殴られたということもあって、菜月の記憶は混乱している。数日もすれば落ち着くだろう、と医師は言っていたけどね」

宍戸さんと吉岡が黒澤さんを発見したのは、昨日の四時頃だったという。ちょうど、映画研究部の上映会が終了し、僕と美琴が席を立った時間帯である。

僕は腕組みをして、天井を見上げた。こんなのはどうだろう。黒澤さんを襲ったのは、文化系サークル棟に潜んでいた物盗りである。学園祭の開催中であり、部外者の立ち入りが目につきにくいのをいいことに、その不届き者は、盗みを働こうとした。そこを映画研究部の部室に戻ってきた黒澤さんに目撃され、そばにあったモンキーレンチを手に取り、彼女に殴りかかった。犯人は彼女を殺してしまったと思い込み、慌ててその場から立ち去った……。

あり得ない話ではないような気がする。しかし、宍戸さんは、「それはどうかな」と首を傾《かし》げた。

「森園君の考えが正しいとすると、菜月は床に倒れていなければならない。でも、俺と吉岡君が部室に入ったとき、彼女は椅子に腰掛けていた。殴ったあとで犯人が座らせたのかもしれないけど、そんなことをする理由が、果たしてあるだろうか？　犯人としては、一刻も早く、現場から離れたいはずなのに」

「犯人に殴られたとき、黒澤さんは床に倒れた。でも、実はまだ意識があって、犯人が現場から立ち去ったあと、メールで助けを呼ぼうとしたのかもしれませんよ。ほら、目の前には、パソコンがあったわけですし」

「菜月が椅子に座ったのは、自分の意思だったと？」

「ええ、そうです」

「森園君、あのパソコンは、映像の編集用に置かれているだけで、インターネットには接続できないんだ。だから、メールも使えない。映画研究部に所属している菜月が、そのことを知らないはずがないんだよ」

「でも、物盗りの仕業ではない、とするのであれば……」

「そう、もしかしたら犯人は、菜月と面識がある人物なのかもしれない。他ならぬ菜月自身が、部室にその人物を招き入れた。単なる顔見知りレベルの知り合いでなければ、そういう流れになるのも、おかしなことじゃない。だが、そこで談笑しているうちに、【何らかのトラブル】が発生して、あのような状況になった。そんなふうに考えることもできるんじゃないかって、俺は思ってる」

「もしかして、映画研究部の誰かが犯人じゃないかって、疑っているんですか？」

「あくまで、可能性の問題だよ。あまり考えたくはないけどね、疑ってないといえば、嘘《うそ》になる。菜月のことは心配しないでくれと映画研究部の皆に伝えたのも俺だし、吉岡君にその念押しをお願いしたのも俺だ。だから、映画研究部の人間が、菜月の病室を訪れることはないだろう。何にせよ、用心するにこしたことはない」

宍戸さんは、拳《こぶし》をきつく握りしめていた。黒澤さんを襲った犯人に対して、彼が並々ならぬ怒りを抱いていることが、ひしひしと伝わってきた。

なぜ、黒澤さんは襲われたのか。幸い、命に別状はないようだが、下手をすれば死んでいたはずだ。映画研究部の部室には、黒澤さんの他に、誰がいたのだろう。そこで発生したトラブルというのは、一体、どのようなものだったのだろう。

　病室に戻り、もう一度、黒澤さんに声をかけた。宍戸さんと同じく、明神みなもも、黒澤さんのそばを離れたくないようだったので、僕は一人で病院をあとにした。


　……児童養護施設の図書室には、本だけでなく、映像資料も置かれており、明神みなもは、食堂のテレビを占領して、よく映画を鑑賞した。小学生のときは、アニメの鑑賞が中心だったが、中学に上がると、色々なジャンルの映画に手を出した。【エイリアン】を観《み》たあとは、一人でトイレに行くのも怖くなり、【ロッキー】を観たあとは、数日は雄々しい気持ちが続き、【小さな恋のメロディ】を観たあとは、せつなさで胸がいっぱいになった。普通では味わえないような、非日常を体験させてくれる映画というものに対して、明神みなもは強く惹《ひ》かれた。

　中学を卒業し、高校生になると、アパートを借りて、一人暮らしを始めた。施設の職員たちに相談した上で、明神みなもは、そのような行動に出た。満十八歳までは、施設で生活を続けても良かったのだが、高校生の明神みなもよりも、施設での保護を必要としている幼い子供たちが、世の中には、大勢いた。

掃除や洗濯、炊事については、施設にいた頃からやっていたので問題はなかったが、大いなる懸念事項は、お金のことだった。多少の援助は施設から受けられたものの、そればかりに頼るわけにもいかなかった。

明神みなもがアルバイト先に選んだのは、駅前のレンタルDVDチェーン店だった。あるとき、古今東西の名作映画を集めたフェアをやっているのを見て、ここで働いている人たちとだったら、上手《うま》く付き合っていけるのではないか、と思ったのがきっかけだった。職場の先輩たちは、皆、明神みなもよりも年上で、懇切丁寧に仕事を教えてくれた。施設の出身であることが知れ渡っていたせいか、高校ではなかなかクラスに馴染《なじ》めずにいたので、職場の先輩たちの気兼ねのない接し方が、明神みなもにはありがたかった。

漠然とではあるが、高校を卒業したら就職するのもいいかもな、なんてことを考えていた。といっても、一刻も早く社会に出て、ばりばり働きたい、と思っていたわけではない。強く希望する職種があったわけでもない。ただ、自分のように親のない人間は、そうするのが自然なのだろうな、という妙に達観した気持ちが、明神みなもの中にあった。そんな彼女が大学への進学を選択したのは、ひとえに、職場の先輩たちの強い勧めがあったからである。どうしてもやりたいことがあって、今すぐにでも取り組みたいというのなら仕方がないが、そうではないのなら、とりあえずの進学でもかまわない。とにかく、まずは見識を広めるべきだ……。職場の先輩たちは、口々に、そのように語った。学費については、奨学金の給付を受けながら大学に通っていたことのある人がいて、それがどのような制度なのかを、詳しく教えてくれた。

　何を隠そう、学校の勉強は、できるほうではあった。中学および高校時代を振り返ってみても、中間試験や期末試験の総合得点で、学年の十傑《じゅっけつ》とはいわないまでも、二十傑から漏れたことはない。明神みなもは、S大の文学部に狙いを定めた。職場の先輩たちも、アルバイトのシフト調整などで協力してくれたので、失敗するわけにはいかなかった。彼女は勉強に励み、見事に合格した。レンタルDVDチェーン店でのアルバイトは、高校を卒業するまで続け、その後、入学式の直前に、S大の近くのアパートに引っ越した。

　S大のキャンパスには、高校のときとは比べ物にならないくらい、たくさんの人がいた。講義に参加するたびに声をかけられ、様々な集まりに顔を出しているうちに、どんどん知り合いが増えていった。世界が広がるというのは、きっと、こういう感覚のことをいうのだろうな、と明神みなもは思った。

　華やかでエネルギーにあふれた同級生たちとの交流は、実に面白いものだった。しかし、新鮮さを覚えていたのは最初の頃だけで、次第に気詰まりに感じるようになった。同級生たちと話をしているときは、確かに楽しいと思っているのに、一人になったときにどっと疲れが出るのは、不思議なことだった。

明神みなもは、自分が望んでいるのは、もっと落ち着いた関係性なのではないか、と考えた。飲んで騒いで執拗《しつよう》に一体感を高めるのではなく、たとえば、顔を合わせて、ぽつりぽつりと何気ない言葉を交わしているうちに、自然と穏やかな心地になっているというような、柔らかくて優しいつながりである。一度思いついてしまうと、自分が求めているのはまさにそれなのだという気持ちは、日増しに強くなった。

出席を予定していた講義が、先生の急病で休みになったある日の午後、明神みなもは、S大のキャンパスを散策した。S大のキャンパスはとても広く、足を踏み入れていない場所が山ほどあり、図書館の裏が噴水広場になっていることを発見したのも、このときだった。図書館の横の脇道を進むと、急に視界が開けて、キャッチボールができるくらいの広いスペースに出た。そこには円形の噴水があり、その周囲にベンチが設置されていた。日当たりが良いせいか、ベンチの上では、数匹の猫が丸くなっていた。

そのうちの一匹に、気づかれないよう、後方からの接近を試みている女性がいた。腰をかがめて、抜き足差し足忍び足という感じの動きだったが、いよいよその女性が手を伸ばした瞬間、猫が飛び起きて、彼女の慎重さをあざ笑うかのように、一瞬で茂みの向こうに消えた。肩を落とした彼女と目が合い、思わず会釈《えしゃく》をすると、相手も照れくさそうに頭を下げた。

彼女は大きな黒縁の眼鏡をかけており、肩にかかるくらいの栗色の髪は、きっちり同じ長さで切りそろえられていた。

その女性が、黒澤菜月だった。


病院をあとにした僕は、S大の正門へ向かうバスに乗った。宍戸さんから得た情報によれば、すでに警察が現場の調査を始めており、吉岡がその対応をしているはずだった。今回の一件を理解するには、当然、彼にも話を聞いておく必要があるだろう。

講堂の裏の細道を進んでいくと、いかにもそれらしい格好の人たちとすれ違った。彼らは紺色の帽子を目深にかぶり、ポケットのたくさんついた、これまた紺色の服を身につけ、大きなショルダーバッグを担いでいた。学園祭の喧騒も、自然林の中では、遠くに聞こえた。

文化系サークル棟のエントランスまで来ると、数段の段差があるところに、吉岡が座り込んでいるのを発見した。彼はぐったりした様子でうつむいていたが、僕が目の前に立つと、緩慢《かんまん》な動きで顔を上げた。

「やっと警察から解放されたと思ったら、今度は森園かよ……」

「さっき病院に行って、宍戸さんと黒澤さんに会ってきたけれど、お前も、相当まいっているみたいだな。大丈夫か？」

「全然、大丈夫じゃない。熱でも出そうだよ。どうやら、黒澤さんを発見したとき、一一〇番通報をしなかったことが、連中のお気に召さなかったらしい。もう、ほとんど犯人扱いだ。いや、直接そう詰め寄られたわけじゃないけどな、完全に、目がそう言ってた。おかげで、後ろ暗いところなんか一切ないのに、ひやひやしっぱなしだったぜ。恐ろしいったらありゃしない」

「黒澤さんのことを考えての行動だったんだろう？　なら、堂々としていればいいさ。吉岡は、間違ったことをしていないよ」

「……森園刑事の事情聴取は、和やかに終わりそうだな。ほっとしたぜ」

「差し入れだよ」と模擬店で買ったお好み焼きのパックと割り箸《わばし》を渡すと、吉岡はようやく、強面《こわもて》の顔に笑みを浮かべた。朝から何も食べていなかったらしく、彼はあっという間にお好み焼きを平らげた。

吉岡と一緒に映画研究部の部室に向かうと、ドアは開いていたものの、【立入禁止】を示す黄色いテープが邪魔をしていた。室内の様子は、廊下からでも見ることができたが、凶器のモンキーレンチは、少なくとも、床にはなかった。警察が持っていったのだろうか。

吉岡が言うには、現場の調査は、今日は一段落したものの、明日、また詳細に行われることになっているらしい。【立入禁止】のテープの位置は、僕の腰の高さくらいで、くぐることもまたぐこともできそうだったが、しかし、勝手に室内を荒らすような真似は、しないほうがいいに違いない。僕たちはおとなしく文化系サークル棟の外に出て、歩きながら話をした。

「映画研究部の人たちの反応は、どうだった？」

「ショックを受けてたよ。どうして彼女が、とか、一体誰が、とか、まあ、そんな感じだったな」

「宍戸さんは、映画研究部の中に犯人がいるかもしれない、と考えているみたいだ。率直なところ、お前はどう思う？」

「心情的には否定したいが、単に可能性の話をするなら、そりゃ、疑うことはできるよな。だって、昨日の午後に、映画研究部の部室に行っていないことが証明できる奴《やつ》なんて、いやしないんだから」

「そうだろうな。常にお互いを監視していたわけでもないし」

黒澤さんの姿が見えなくなったのが、昨日のお昼過ぎで、宍戸さんと吉岡に発見されたのが四時頃だ。その四時間の間に、黒澤さんは、何者かに襲われた。

「たとえば、の話だけれど、黒澤さんが、映画研究部の誰かの反感を買っていた、というようなことはあったのか?」

「彼女を殺したいほど憎んでいる奴が、映画研究部の中にいるとは思えないが……、何とも言えないね。俺が正式に映画研究部の所属になったのは、今年に入ってからだってのは、前にも話したよな?」

「ああ。映画の撮影に協力したのがきっかけで、勧誘を受けたんだったっけ」

「もちろん、それ以前にも、ちょくちょく部室に出入りはさせてもらってた。とはいえ、詳しい内部事情は、正直、俺にもよくわからないところがある。何とも言えないっていうのは、そういう意味だ。そもそも、宍戸さんと黒澤さんの関係とか、そこに【ボニー&クライド】で殺された明神みなもが絡んでいたこととか、お前、知ってたか?」

「まあな。宍戸さんから、直接、話を聞いたよ」

「俺の場合は、学園祭の準備中に、そんな話をちらっと耳にしてな、そこで初めて知ったんだ。明神みなも絡みの話題は、ずっと、タブーだったらしいぜ。彼女は映画研究部の所属じゃなかったみたいだが、まるっきり無関係ってわけでもないからな」

黒澤さんは、命までは取られずにすんだ。しかし、明神みなもの場合は、そうではなかった。彼女は【ボニー&クライド】の中にある【シアター・クライド】で、命を落とした。何者かによって、絞殺されたのだ。黒澤さんと明神みなもは、仲の良い友人だった。二人が知り合ったのは、大学に入ってからだが、同じ学部ということもあり、よく一緒に遊んだりしていて――。

そこまで考えたとき、何やら胸騒ぎがした。「まるっきり無関係ってわけでもない」と吉岡は言ったが、それは、この二つの事件にも当てはまることなのではないか、と思ったのである。

仮に。

もちろん、仮に、である。

つまり、可能性の話だ。

たとえば、の話だ。

黒澤さんを襲った犯人と。

明神みなもを殺した犯人が。

もし、同じ人物だとしたら？

そうだとしたら、疑わしいのは？

来たときとは逆方向に自然林の中を進むと、やがて、道が二手に分かれているところにきた。ここを右に行けば講堂の裏に出られるのだが、吉岡は左に曲がった。てっきり、キャンパスのほうへ向かうのだと思っていた僕は、慌てて彼についていく。

「おい、今日も上映会はやっているはずだろう？　映画研究部のほうはいいのか？」

「お前が来る前に、ひと通りの状況は説明しておいたから、問題ないだろう。俺の役目は果たしたつもりだ。とにかく、肉体的にも精神的にも、俺はもうぼろぼろなんでな、今すぐ、アパートに帰って休みたいんだよ」

吉岡はジーンズのポケットに手を突っ込み、のろのろ歩いていく。こちらは学生用の駐車場へ向かう方角である。彼は昨日、黒澤さんを病院に送り届けるべく、宍戸さんと一緒に、この道を進んだのだ。

「あのときは、もう、夢中だったよ。宍戸さんが黒澤さんを背負って、俺が先導した。今思えば、本当は、むやみに動かさないほうが良かったのかもしれないけどな、俺も宍戸さんも、じっとしてなんかいられなかったんだ」

「病院では、何て説明したんだ？」

「そんなの、ありのままを言うしかないだろう。頭を殴られたみたいで気を失っているから、とりあえず診てくれって頼んだよ。警察に連絡を入れたのは、そのあとだ。で、何とか応急処置をしてもらって、病室のベッドに黒澤さんを寝かせた。しばらくして、彼女の意識が戻ったのはいいが、今度は、殴られたときのことはよく覚えてない、ときたもんだ。誰かをかばっているような感じでもなかったから、本当に、自分の身に何が起こったのか、思い出せないんだろうよ」

駐車場の隅《すみ》に停《と》められている、黒いセダンの手前まで来た。吉岡が親から譲り受けたもので、しかも中古らしいが、僕の目には、普通の大学生には釣り合わないくらい、立派なものであるように見える。吉岡は運転席に乗り込むと、パワーウィンドウを下げて、「森園はどうする?」と聞いてきた。

「どうするって?」

「お前も帰るつもりなら、アパートまで送ってやってもいいぞってこと」

「ああ、そういうことね……」

今日は朝から曇っていたので、あまり変化に気づかなかったが、晴れの日であれば、もう太陽は西の空の低い位置にある時間だろう。頰《ほお》に当たる風も、刺すように冷たかった。さすがに、今から学園祭を楽しもうという気持ちもない。

「それじゃあ、お言葉に甘えさせてもらおうかな」

「何だよ、助手席でいいだろうがよ。遠慮すんなって」

セダンに近づいて、後部座席のドアを開けると、乱雑に丸められたコートが置かれていた。柔らかい素材で、かなり上品な仕立てである。「それ、宍戸さんのコートだな」と吉岡が言った。

「慌ててたから、昨日、忘れていったんだろう。あとで渡しておくよ」

「なるほど。どうりで、お前のものにしては、ずいぶん趣味がいいなって思ったんだ」

「どういう意味だ？　置いてくぞ」

コートを畳むために、いったん広げたとき、何かが地面に落ちた。拾い上げてみると、それは金色のボタンだった。コートのどこかについていたボタンが取れてしまったのだと思い、大いに動揺した。しかし、いくらコートを調べてみても、ボタンが外れているところはなさそうである。おそらく、コートとシートの間に挟まっていたのだろう。

「どうした、森園？」

「いや、コートを広げたら、こんなものが落ちてきたんだ。お前、見覚えあるか？」

運転席の吉岡にボタンを渡す。球の端が切り落とされたような形であり、曲面部分には、細かな模様が施《ほどこ》されている。彼はしばらくそれを眺めていたが、「さあ、俺にはわからんな」と言って、そのボタンを僕に返した。

「裏側にも、文字が彫られてるみたいだ。もしかしたら、特注品だったりするのかもな」

「そんなものが、どうしてここに？」

「だから、俺は知らないって」

何だか、引っかかるものを感じた。僕はどこかで、このボタンを目にしているような気がするのだ。しかし、それは一体、どこだったのか。

ボタンをひっくり返すと、吉岡の言う通り、確かに平面部分に、アルファベットが彫られている。僕はそのアルファベットの意味を考えた。こういった箇所に彫るのは、名前のイニシャルであるケースがほとんどだろう。そのとき、僕の頭の中に、ある思い付きが生じた。

「連れて行ってもらいたいところがある。吉岡、お願いできるか？」

「それはかまわないけど、どこにだよ？」

僕は吉岡に行き先を告げた。宍戸さんと吉岡の二人以外にも、会って話を聞いておかなければならない人物が、まだ、いた。

……明神みなもと黒澤菜月は、そもそも同じ学部の所属だったので、お互いに顔くらいは知っていたし、同級生であるという認識も、あるにはあった。とはいえ、講義でたまたま一緒になったときの挨拶《あいさつ》を除けば、会話らしい会話をしたことは、ただの一度もなかった。

噴水広場での一件以来、明神みなもは、黒澤菜月のことが気になっていた。しかし、同級生たちとのエネルギッシュな交流にまいっていたという経緯もあり、黒澤菜月と親交を深めることに対して、彼女は慎重になった。他の学生たちがそうするように、馴れ馴れしく彼女に話しかけるのは、何か違うのではないかと思った。それこそ、ベンチで丸くなっている猫に後ろから近づくみたいに、注意深く事に当たるべきだと考えた。とはいえ、具体的に何をどうすればいいのかというアイディアもなかなか思い浮かばず、明神みなもはもどかしい気持ちで毎日を過ごした。

一カ月ほどして、チャンスが訪れた。明神みなものアルバイト先の映画館――【ボニー&クライド】である――に、黒澤菜月がやってきたのだ。そのとき、明神みなもはチケットカウンターの丸椅子に座っており、発券機を操作して、料金と引き換えにチケットを渡すという業務を行っていた。すると、目の前の客が、「あれっ?」と声を上げたのである。チケットに間違いはないはずだが、と思いつつ、明神みなもがそこで初めて顔を上げると、自分の差し出したチケットを、黒澤菜月が受け取っていた。明神みなもは面食らったものの、黒澤菜月のほうが先に自分のことに気づいたという事実が、彼女の背中を押した。

「黒澤さん……、だよね? あたしのこと、知ってる?」

「明神さんこそ、私の名前、知ってるんだ？」

　このようにして、二人の本格的な交流が始まった。いざ付き合い始めてみると、今までそうしなかったのが不自然だと思えるくらいに、二人は気が合った。最初こそ名字に「さん」付けだったが、名前で呼んでもいいかどうか、というよくあるやり取りをする前に、いつの間にか、名前で呼び合う関係になっていた。

　映画鑑賞という共通の趣味があったことも、二人にとってはプラスに作用した。誰もが知っているような大作から、そんなの誰が観るんだというようなアングラなものまで、黒澤菜月は実に幅広くカバーしており、その知識の豊富さに、明神みなもは驚いた。それでいて、黒澤菜月には自分の知識を鼻にかけるようなこともなく、好きなものを語るときは純粋に饒舌《じょうぜつ》で、そういったところも、明神みなもには好ましく思えた。

「菜月はさ、映画好きが映画好きにしたがる質問って、何だかわかる？」

「今まで観た映画の中で、どの作品が一番良かったのか、でしょう？」

「そんなの、多すぎて、選べないよねえ」

「比較的有名なものでいうなら、【海の上のピアニスト】とか、【シザーハンズ】とか、【スティング】とか、【菊次郎の夏】とか、【東京ゴッドファーザーズ】とか……」

「菜月の好みは、よくわからないね。まずその五つが出てくる映画好きって、世界であなた一人じゃないかって気がするんだけど」

「みなもはどうなの？」

「あたし？　あたしは、そうだな……、何度も観てるのは、【ラジオ・デイズ】とか、【アニー・ホール】とか……」

「もしかして、【ウディ・アレン】が好きなの？」

「いや、それが、そういうわけでもないのね。何というか、誰が撮ったのかとか、誰が出演しているのかには、そんなにこだわりがなくて」

「監督や役者の名前が知られていることと、作品が素晴らしいかどうかは、関係がないってこと？」

「まあ、そこまで大層な意見でもないけど……、たぶん、作品の波長が、自分に合ってるってことじゃないかな」

大学のキャンパスで、【ボニー＆クライド】で、ふらりと出かけたショッピングモールのフードコートで、ああでもない、こうでもないと二人は言葉を交わした。肩の力を抜き、リラックスした状態で黒澤菜月と話ができるということが、明神みなもには、たまらなく嬉《うれ》しかった。彼女と話をしていると、心が安らいだ。自分の求めていた関係は確かにこれなのだと実感できた。

それゆえに、宍戸敦司《あつし》が【ボニー&クライド】で働き始めたとき、最初はあまりいい気持ちがしなかった。黒澤菜月に誘われて、彼女の所属している映画研究部の集まりに参加したことがあったので、宍戸敦司がどのような人物なのかは、概《おおむ》ね把握していた。ひょろりと細長い体つき。シャープな顔立ち。ぱっと見の印象では、どことなく神経質そうなイメージだが、なかなかの話好きで、気遣いのできる男性だった。

そして、宍戸敦司は、黒澤菜月に惹かれていた。

黒澤菜月も、宍戸敦司に惹かれていた。

明神みなもは、そのことにすぐ気がついた。

いい気持ちがしなかったというのは、つまりはそういった理由からだった。明神みなもは、ようやくできた親しい友人が、彼に奪われてしまうのではないかと、不安になったのである。

何とも子供っぽい独占欲だったが、しかし、明神みなもは、小さな子供とは違った。面と向かって敵意をあらわにするような行動は控え、職場の先輩として、宍戸敦司に【ボニー&クライド】での仕事のやり方をきちんと教えた。彼は物覚えが良く、すぐに職場の戦力になった。

ある日、足の不自由な男性が【ボニー&クライド】にやってきたことがあった。彼は車椅子の取り扱いに苦労しており、明神みなもがその対応にてこずっていると、空になったチケットカウンターの前に、長い行列ができてしまった。彼女以外に【ボニー&クライド】のスタッフは近くにおらず、どうしたら良いものかと焦った。すると、休憩中だったはずの宍戸敦司がやってきて、チケットカウンターに入り、客の整理をし始めた。男性の案内を終えた明神みなもが戻ってくると、宍戸敦司は、特に自分のしたことをアピールするでもなく、スタッフルームのほうに歩いていった。

その日の仕事が終わったあと、明神みなもは、宍戸敦司に声をかけ、敬語の使用を禁じた。S大では学部こそ違えど同学年なのだから、変に気を回す必要はない、と彼に告げた。それ以来、黒澤菜月を含めた三人で遊びに出かけたり、ショッピングを楽しんだりすることが、徐々に増えていった。

しかし、宍戸敦司と黒澤菜月の関係は、遅々《ちち》として深まらなかった。宍戸敦司のほうは、わかりやすいくらいのアピールを試みている。だが、黒澤菜月のほうが、持ち前のガードの堅さを発揮して、なかなか次のステップに進展しないのだ。奥床しいのは美徳といえるだろうが、それも時と場合によるのである。

黒澤菜月が熱を上げている【穂長晴臣《ほながはるおみ》】という芸術家のドキュメンタリー映画が、【ボニー&クライド】でリバイバル上映されることが決まったとき、「こんなチャンスはめったにないよ」と明神みなもは宍戸敦司をけしかけた。明神みなもの目論見通り、宍戸敦司は黒澤菜月をデートに誘った。映画を観た後《のち》、二人はレストランで食事をしたそうだ。とはいえ、確かにいい雰囲気にはなったものの、やはりいい雰囲気どまりだったらしく、そのことを知った明神みなもは、がっくりと肩を落とした。

「何なの、もう……、じれったいったらありゃしない。両想いなのはわかりきってるんだから、堂々と仲良くすればいいじゃないの」

「それはそうなんだけど、こう、何だか色々と、私には難しくて……」

図書館裏の噴水広場で、黒澤菜月はもごもごと言い訳をした。ベンチに腰掛けた彼女は、努力の甲斐《かい》あってお近づきになった猫を胸に抱いていた。黒澤菜月の隣に座っていた明神みなもは、その猫を取り上げて、芝生の上に下ろした。猫が去っていくと、「ああー、もう少しだけ、もふもふしてたかったのに」と黒澤菜月が嘆いた。

「こうも頑《かたく》なだと、何だか、宍戸君が哀《あわ》れに思えてくるわね」

「……みなもはさ、どうして私たちのことを、そんなに心配してくれるの？」

「え？」

「勘違いしないでね。それが嫌だってわけじゃないよ。むしろ、感謝してるくらいなんだから。でもね、不思議なんだ。どうしてそんなに、みなもが一生懸命になってくれるのかなって。いくら友達だとはいっても、ここまで気にかけてくれる人って、そんなにいないんじゃないかなって、私は思うんだけど」

　よく晴れた日の午後だった。空を見上げると、雲一つない青色が広がっていた。太陽の光を反射して、高く上がった噴水のしぶきがきらめいた。

　話してもいいのかな、と明神みなもは思った。

　こんな日であれば、受け止めてもらえるのではないかな、と考えた。

「あのさ、ちょっと長くなるかもしれないけど……、菜月、聞いてもらえる？」

「何を？」

「あたしがこれまで、どんな人生を歩んできたのかを」

　中学を出てから一人暮らしを始めたこと。レンタルＤＶＤチェーン店でアルバイトをしていたこと。両親の顔を知らないこと。児童養護施設で育ったこと。そこで出会った少女のこと。少女が話していた両親のこと。少女が不幸な事故で命を落としたこと。少女の死後にやってきた両親のこと……。努めて冷静に話すよう心がけたが、口に出してみると、やはり、込み上げてくるものがあった。少女との別れが、明神みなもの心に、深い傷を負わせていた。明神みなもにとっては、決して忘れることのできない、重要な出来事だった。

「……あの女の子は、父親と母親のことが大好きだった。でも、それは彼女の一方的な感情にすぎなかった。そのことを知ったとき、あたしは思ったの。好きな人が、自分のことを好きになってくれるとは限らないんだって。それが、この世界では、当たり前のことなんだって。珍しくも何ともない、普通のことなんだって」

児童養護施設にいたとき、食堂のテレビを占領して、よく映画を鑑賞した。普通では味わえないような、非日常を体験させてくれる映画というものに対して、明神みなもは強く惹かれた。そう、映画は作り物だ。フィクションだ。現実とは違う。現実は映画ではない。映画のように、上手くはいかない。ハッピーエンドは、約束されていないのだ。

でも。

だからこそ。

だからこそ――。

「今の菜月と宍戸君の関係が、あたしには、歯がゆく思えてならないの。あとは菜月が、ほんの少し勇気を出すだけで、二人はもっと素敵な二人になれる。なのに、その勇気を出さないのは、すごくもったいないことだなって、そう思う。もちろん、最後は二人が決めるべき問題だし、本来であれば、第三者のあたしが、あれこれ言うことじゃないんだけど、でも、それでも……」

そこから先は、言葉にならなかった。

涙をこらえる明神みなもを、黒澤菜月は、強く抱きしめた。

黒澤菜月と宍戸敦司が、晴れて恋人同士になったとき、明神みなもは喜んだ。

自分のこと以上に、彼女は喜んだ。


【ボニー&クライド】が入っている建物の裏口の前には、数台ほどの車が停められる駐車場がある。そこで吉岡に降ろしてもらった僕は、少し歩いて、表の駅前通りに出た。すでに日は沈んでいたけれど、【ボニー&クライド】は、若者向けのバーや居酒屋が密集する一角にあるので、周囲はにぎやかだった。僕はしばらくの間、建物の入口に立ち、二階部分にかけられた看板の電飾を見つめた。電飾は強い光を放ち、誇らしげに館名を主張していた。

吉岡の紹介で、僕はこの小さな映画館でのアルバイトを始めた。それが今年の四月の初めのことだ。季節は春から夏へ、そして秋から冬へと、今は移り変わりつつあった。冷たい風が吹き、僕は思わず首をすくめた。自分がこれからやろうとしていることを頭の中で整理してから、建物の中に入った。

チケットカウンターとグッズ売り場は、入口の近くにあった。チケットカウンターに近づくと、丸椅子に座っていた人物が僕に気づいて、「やあ、こんな時間にどうしたんだい、森園君」と立ち上がった。グレーのスーツに身を包んだこの映画館の支配人、笹川幸太郎《ささがわこうたろう》さんである。

「森園君に入ってもらうのは、明日じゃなかったかな？　今日は、シフトに入ってなかったはずだけど……」

「お話ししたいことがあるんです。閉館後に、少しお時間をいただけないでしょうか？」

「閉館後？」

「ええ」

「今じゃあ、駄目なのかい？」

「できれば、翔子《しょうこ》さんにも、その場にいていただきたいんです」

笹川さんがチケットカウンターにいるということは、今は翔子さんが映写室に入っている、ということを意味する。機械の扱いが難しいため、【ボニー&クライド】では、笹川さんと翔子さんが、交代制で映写を担当しているのである。

「お願いします。重要なことなので」

「わかった。でも、今日の最終上映がさっき始まったばかりだし、二時間以上、待つことになるよ？」

「かまいません。それまでは、僕も映画を観ていることにしますから」

「なら、無料でいいよ」と笹川さんは言ってくれたが、「いや、そういうわけにはいきませんよ」と断って、【シアター・クライド】で上映されている映画のチケットを購入した。それから建物の二階に上がり、廊下の奥の両開きの扉を押し、音をたてないよう注意して、中に入った。

まずスクリーンを確認したが、そこに映し出されていたのは、これから公開される映画の宣伝であり、本編は始まっていなかった。お客さんは、前のほうに二人、中ほどに三人。しかし、僕のお気に入りである最後列は全て空いていたので、遠慮なく、その真ん中に座ることにした。そういえば、半年以上、この場所で働いているのに、客として【ボニー&クライド】で映画を観るのは、これが初めてだった。僕は振り向き、映写室のほうを見上げた。映写室は客席の後ろの、高い位置にある。そこには翔子さんがいるはずだったが、上映中ということもあり、ごくわずかしか暗幕が上がっておらず、内部の様子はわからなかった。

本日最終上映の映画は、若年性アルツハイマーと診断された白人女性と、彼女を支える夫の物語だった。前知識など全くないまま観始めたが、何とかついていけた。フィクションではなく、ドキュメンタリータッチの洋画である。カメラを回しているのが、この映画の監督であり、時折、その監督のナレーションが挿入され、スクリーンの下段に字幕が入った。単なる症例紹介ではなく、病に侵された人と、そのそばにいる人との関係性を真摯《しんし》に見つめる、というのが、この作品の狙いらしい。

若年性アルツハイマーという病名については、僕も聞いたことがあった。おそらくは監督の意向なのだろう、劇中において、病に関する詳細な解説はなかったが、認知症の一種であり、様々な記憶障害を引き起こす病気であることくらいは、僕も知っていた。記憶障害が進むにつれに、感情の振れ幅も大きくなり、急に怒り出したかと思うと、また急に深く落ち込んだりするのである。

夫婦の日常を撮影した部分と、夫の手記による振り返りによって、映画は構成されていた。劇中では、どうしてこんなことになったのか、と女性が悲しむシーンが、何度も登場した。靴が上手く履けないときや、食べ物をこぼしてしまったときや、夫の名前が思い出せないときなどに、彼女はその言葉をつぶやいた。

どうしてこんなことになったのか。

どうして、こんなことになってしまったのか。

どうして。

どうして――。

病気なのだから仕方がない、といった一言では片付けられないくらい、重いつぶやきだった。だが、病が進行するにつれ、その嘆きすらも、彼女は口にしなくなった。話しかけられても、ああ、とか、うう、とか、弱々しいうめき声を出すだけで、自分の夫とも、意味のある会話ができなくなってしまった。女性が変調をきたしていく様子を、カメラは克明にとらえていた。

女性の他界後は、残された夫の日常描写が続いた。彼はとあるシンポジウムにおいて、妻の介護に関する講演を行うことになる。そのシーンが、この映画のクライマックスだった。映画の前半は女性に、後半はその夫に焦点が当てられていた。

エンドロールが流れ始めると、一人、また一人と、お客さんが席を立ち、【シアター・クライド】から出て行った。監督の名前が最後に登場して、スクリーンの中央にぴたっと静止し、いよいよ上映終了となったときにはもう、僕以外のお客さんはいなくなっていた。僕は席に座ったまま、今観たばかりの映画のことを考えた。

「後半の展開が、ちょっと不自然だとは思わないかい？」

【シアター・クライド】の中が明るくなると、後ろの扉を開けて、笹川さんが入ってきた。彼は最後列の左端の席に座ると、優雅に足を組んだ。

「涙ながらに、妻との思い出について語る夫。観衆は心を打たれ、彼に対して惜しみない拍手を送る。実に感動的な流れだ。しかし、どこか作為的なものを感じるのは、私の気のせいかな？　ドキュメンタリーであるはずなのに、何だか、演出されたものであるように思えるのは、さて、どうしてだろう？」

「さあ……、僕には、何とも」

「つまり、演技をしているんだろうね」

「演技？」

「もしかしたら、カメラを向けられているうちに、彼もその気になってしまったのかもしれない。だから、無意識のうちに、映画としてふさわしくなるような行動を、進んでとってしまった。あるいは、監督のほうも一枚噛んでいるのだとしたら、そもそも、シンポジウムのシーンだけは、フィクションなのかもしれない。いや、それどころか、この映画自体が、ドキュメンタリーという体裁を取っているだけで、本当は、全くの創作かもしれない。そうでないという証拠は、どこにもないわけだ」

「でも、疑い始めると、きりがありませんよ」

「ああ、森園君の言う通りだ。疑い始めると、きりがない」

　前方のスクリーンに、緞帳《どんちょう》が下り始める。映写室にいる翔子さんが、機械の操作をしているのだろう。緞帳が下りきるのを待って、僕は質問した。

「笹川さんが、今まで観た映画の中で一番良かったものって、何でしょうか?」

「話したいというのは、そのこと?」

「いえ、違いますけれど」

「【ロボコップ】だよ」

「【ロボコップ】?」

「そうだ。ロボット警察官の主人公が、犯罪撲滅のために、ひたすら暴れまわる。実にわかりやすい。映画は娯楽だ。わかりやすいのが、一番だよ」

笹川さんは、かすかに笑みを浮かべた。やがて映写室から翔子さんが出てきて、最後列の右端の席に腰を下ろした。翔子さんも、笹川さんと同じように、グレーのスーツ姿だった。彼女は僕を見て、軽く頭を下げた。【シアター・クライド】の最後列で、僕は笹川夫妻に挟まれる格好になった。

「お話ししたかったのは、僕の知り合いの女性のことです。黒澤菜月という名前なんですが、ご存じですよね? 彼女は、よく【ボニー&クライド】に来ていたはずですから」

右を見て、左を見る。翔子さんはうつむいているだけだったが、笹川さんは、軽く首を振った。肯定とも否定ともつかない首の振り方だったけれど、僕は続けた。

「その黒澤さんが、昨日、何者かに襲われたんです。幸い、命に別状はありませんでしたが、今は、病院で安静にしています」

「……ほう、それは良かった」

　そう言うと、笹川さんはいったん腰を浮かせ、椅子に深く座り直した。翔子さんはというと、自分には関係ないことだと思っているのか、目を閉じたままである。

「彼女が発見されたのは、S大のキャンパス内にある、映画研究部の部室です。彼女は頭を殴られて、気を失っていました。S大のキャンパスで起きた事件ではあるものの、昨日は学園祭が開催されていましたから、部外者が彼女を襲うことも、可能だったはずです。すでに、警察も動き出しています」

「犯人が、早く捕まるといいね」

「ええ、僕もそう願っています。事件のショックからか、黒澤さんは、何があったのかをよく覚えていないようですが、思い出すのも、時間の問題でしょう。彼女の証言があれば、犯人の特定も容易《たやす》いはずです」

　僕はあえて、そこで言葉を切った。さて、相手がどう出るか。しかし、どう出てこようとも、僕のすることは変わらないのだ。そう考えると、少し気持ちが楽になった。しばらくして、笹川さんが口を開いた。

「それで？　どうして森園君は、そんな話を、今ここで、私たちにしているのかな？」

「そうですね……」

天井に目を向けた。今まで意識したことはなかったけれど、補強のためか、ガムテープの張られているところが、いくつもある。建物自体が、もう相当に老朽化しているのだろう。僕は天井を見上げたまま、一息に言った。

「……黒澤さんを襲ったのは、あなたたちなのではないかと、疑っているからですよ」


周囲の空気が、一気に張り詰めた。誰も言葉を発さないまま、十秒、二十秒、三十秒。たっぷり一分が経過するまでに、建物のどこかがきしむ音が、何度か聞こえた。今度は僕のほうから、沈黙を破ることにした。

「昨日、僕がお二人にお会いしたのは、S大の講堂でしたね。笹川さんのほうから、声をかけていただきました。時刻は、四時を過ぎた頃。黒澤さんが映画研究部の部室で発見されたのも、ちょうどその頃です。彼女の姿が見えなくなったのがお昼過ぎですから、概ね、四時間の間に、彼女は襲われた、ということになります。三時から四時の間は、上映会に参加していたとして、それ以外の時間帯に、お二人は、どこにおられたのでしょうか?」

「不愉快だ、と突っぱねることもできる。馬鹿馬鹿《ばかばか》しい、と取り合わないのもありだろう。

しかし、話に応じると約束した以上、森園君の質問に答えないというのは、やはり、ルール違反になってしまうのだろうね」

　笹川さんは椅子から立ち上がると、【シアター・クライド】の前方に向かって移動した。緞帳の下りたスクリーンの手前で、こちらに向き直る。少し距離は開いたものの、充分に会話は可能な位置関係である。

「昨日は、早めに昼食を済ませたあとで、翔子と一緒に、S大へ向かったんだ。にぎやかなキャンパスというのは、目的もなくぶらついているだけでも、結構、楽しかったよ。二十年以上前の学生時代を、懐かしく思い出したりもしてね。映画研究部の上映会については、講堂の近くを歩いていたときに、チラシをもらって知ったんだ。それで、私と翔子の分のチケットを買い、上映会の時間に合わせて、講堂の中に入った。上映会が終わったあとは、君と、それから、君の妹さんと一緒だったよね。君自身が、その証人だ。どうだろう、私が嘘を言っていると思うかい？」

「いえ、そうは思いません。ただ、何か隠していることがあるのでは、という気はしています」

「隠している？」

「笹川さんは、誰からチケットを買ったのですか？」

「さあ、あのときチラシ配りをしていたS大の学生、としか、答えようがないね。その子の名前を聞いたわけでもないし」

「僕は、その人物こそが、黒澤さんだったのではないか、と思っています」

「……こだわるねえ、森園君」

「僕が考えていることを、順を追って、お話ししましょう。黒澤さんは、上映会のチラシ配りをしているときに、笹川さんと翔子さんに遭遇した。しかし、上映会までは、まだ時間がある。そこで、彼女はお二人を、文化系サークル棟に案内した。映画研究部の部室を、休憩所として使ってもらうためです。あそこは静かですし、一休みするには、もってこいの場所でしょう。彼女としては、親切心から、そうしたつもりだった。ですが、そこでお二人との間に【何らかのトラブル】が発生し、彼女は意識を失う羽目になった。一方、お二人は、黒澤さんを部室に残してその場を立ち去り、何食わぬ顔で、映画研究部の上映会に参加した。そして、上映会の終了後に、僕に声をかけたというわけです。お二人は、黒澤さんは死んだものと思っていたのでしょう。映画研究部の部室を辞したあとも、S大のキャンパスにとどまったのは、今さら慌てて逃げても意味がないと考えて、腹をくったから、でしょうか」

——もしかしたら犯人は、菜月と面識がある人物なのかもしれない。

――他ならぬ菜月自身が、部室にその人物を招き入れた。

――単なる顔見知りレベルの知り合いでなければ、そういう流れになるのも、おかしなことじゃない。

宍戸さんは、そのように考えて、映画研究部の中に犯人がいるのでは、と疑っていた。しかし昨日は、黒澤さんにとって、単なる顔見知りレベルの知り合いではない人物が、他にも、S大のキャンパスにいたのである。

笹川さんの反応を待った。彼は見せつけるように髪をかき上げると、「君が、もし、真剣に、私たちを告発したいのだとしたら」と言葉を区切って言った。

「私たちが、その被害者の女性と会っていたという、確かな証拠を見せてもらいたいものだね。君の言っていることは、可能性としてはあり得るかもしれないが、積極的に支持するのは、私には、難しいように思える。それから、【何らかのトラブル】って言っていたけど、あまりにも、漠然としすぎているね。それって、一体、何なのかな?」

「二つ目の質問に対するはっきりとした答えは、僕も持っていません。ですが、お二人が昨日、黒澤さんと接触していたという証拠であれば、今、ここでお見せすることができます」

「何だって?」

笹川さんの声が、やや低くなった。重要なのは、ここからだ。慎重に、と心の中でつぶやく。慎重に、慎重に。果たして、上手くやれるだろうか。

僕はジーンズのポケットから、あるものを取り出した。手のひらに載るくらいの、小さなサイズである。笹川さんの位置からでは、これが何なのか、よくわからないだろう。右手の人差し指と親指でそれをつまむと、僕は解説を加えた。

「今日、僕の友人の車に乗せてもらったときに、発見しました。金色のボタンです。黒澤さんは、昨日、友人の車の後部座席に乗せられて、病院に運ばれました。友人はボタンについて覚えがないようでしたが、こうは考えられませんか？　このボタンは、黒澤さんが犯人に襲われたときに抵抗して、衣服から引きちぎったものである、と。ちょうど、袖口《そでぐち》のあたりについていそうな大きさのボタンですね。黒澤さんは、意識を失ったあとも、そのボタンを握り締めていた。ですが、車に乗せられたときか、あるいは、車から降ろされたときに、それがシートの上に落ちたのだと思います。このボタンは、球の端が切り落とされたような形をしていますね。曲面部分には、細かな模様が施されていて、ひっくり返すと、平面部分に、アルファベットの【K】と【S】が彫られているのがわかります。【K】と【S】。ブランド名でしょうか？　いえ、きっと、名前のイニシャルでしょう。特注品のスーツに合わせて、しつらえられたもののはずですからね。さて、このことについて、どう思われますか、笹川幸太郎さん？」

「翔子！」

笹川さんが、大きな声を出した。その声でスイッチが入ったみたいに、翔子さんが動いた。左手を伸ばし、僕がちらつかせていたものを奪うと、椅子から立ち上がって、笹川さんのもとに駆け寄った。一瞬の出来事だった。まさか翔子さんが、こんなにも機敏に動けるとは思わなかった。

「今ので、確信しましたよ。あなたが黒澤さんを襲ったんですね。僕からそれを奪ったということは、あなたには……、いえ、あなたたち二人には、何らかの心当たりがあるはずです。後ろ暗いところが全くないのであれば、堂々とそう主張すればいいのに、あなたはそうしなかった」

「……やるじゃないか、森園君」

翔子さんから手渡されたものを見て、笹川さんが呻《うめ》いた。それは金色のボタンではなかった。僕のコートの一番下でぐらついていた、銀色のボタンである。僕はそれを、無理やりコートから取って、ジーンズのポケットに入れていたのだ。犯人をあぶりだせるのであれば、大したことではなかった。僕のコートは、笹川さんのスーツのように、特注品ではない。一昨年の冬に、セール品で購入したものなのだ。

「私をはめた、というわけだね。ぼんやりしているようで、意外と君は計算高いんだな。見直したよ」

「金色のボタンを発見した、というのは事実です。しかし、それはここにはありません。今は、僕の友人が持っています。僕は彼にそのボタンを預け、警察に行ってもらうことにしました」

笹川さんは、厳しい顔つきをして、眉間を揉んでいた。その隣では、翔子さんが不安そうに彼を見つめている。僕は唇をなめた。慎重に慎重を重ねて喋《しゃべ》り続けてきたが、今度は一転して、大胆に、と自分に言い聞かせる。

「僕の話は、これで終わりではありません。最初に言いましたね。黒澤さんは、事件のショックから、何があったのかを覚えていないようだけれど、思い出すのも時間の問題だろう、と。つまり、彼女の意識さえはっきりすれば、あなたたちの行ったことは、白日の下にさらされます。僕が発見したボタンは、彼女の証言を補強することでしょう。そうなれば、お二人は間違いなく、警察の標的になる。それなのに、どうして僕は、わざわざ【ボニー&クライド】に乗り込んできたのか。どこにでもいる普通の大学生でしかない僕が、なぜ、警察の真似事をしようと考えたのか。それは、お二人が捕らえられる前に、ぜひとも、確認しておきたいことがあったからですよ」

大胆に。

一気に。

核心に。

踏み込む。

「……明神みなも」

彼女の名前を口にすると、笹川さんが、びくっと肩を震わせた。翔子さんは、悲しそうに目を伏せた。どうしてここで明神みなもの名前が出てくるのか、といった反応ではなかった。

――あたし、両親の顔を知らないのね。

――だから、お父さんとお母さんがいつもそばにいるのって、どういう感じなのかなって、ちょっと思ったのよ。

――箕輪《みのわ》さんの病気に匹敵するくらいの辛い問題を、翔子も抱えていたんだ。

――女性だけが宿すことのできる、小さな命に関する問題……、とでも表現すれば、察してもらえるかな？

――ある寒い冬の日に、その赤ん坊は、細い路地の脇に放置されていた。

――泣いて助けを求めることもせず、ただ、空から落ちてくる白い雪の欠片を、不思議そうに眺めていた。

「彼女は、翔子さんの娘なのではありませんか？　そして、明神みなもを手にかけたのは、笹川さん、あなただ」

僕はそのように指摘した。

またしても、【シアター・クライド】の中に、静寂が訪れた。


いちかばちかの賭けだった。黒澤さんが襲われたことについては、まだ、ボタンという手がかりがあった。しかし、明神みなものことに関しては、物証は何もない。僕が得ている断片的な情報をつなぎ合わせて導き出した、いわば妄想である。それこそ、不愉快だ、馬鹿馬鹿しい、と言われてしまったら、追及は不可能だった。

だから、黒澤さんの一件を、先に暴いたのだ。最初に証拠のある話をしておけば、次に続く話題もまた、そうだと思わせることができるのではないか。綱渡りではあったけれど、僕はその考えを、実行に移した。そして、この賭けは、何とか上手くいったようだった。

やがて、笹川さんが、静かに語り始めた。翔子さんは彼に寄り添い、恋人同士がそうするように、腕を絡めた。

「……翔子の子供を捨てたのは、彼女の前の男だった。その男は、まだ生まれたばかりの赤ん坊をあっさり捨てて、翔子からも逃げ出したんだ。その頃はまだ健在だった箕輪さんも、このことでひどく心を痛めていた。翔子とその男は、籍を入れていなくてね。翔子は一人で悩んだ末に、子供を産んだのさ。翔子の妊娠を知ったとき、そいつは喜ぶどころか、翔子を責めたらしい。お前は俺を束縛する気か、俺はもっと自由に面白おかしく人生を過ごしたいんだってね。全く、ろくでもない男さ。だが、男がどこかに置き去りにした子供のほうは、保護すべきだろうと考えて、警察に相談した。そうしたら、男のほうも、捜査の対象になったよ。半年が過ぎ、一年が過ぎ、二年が過ぎた。それでも、男と子供の行方はわからなかった。もっとも、男のことは、どうでも良かった。野垂れ死にでも何でもすればいい。私と翔子が気にかけていたのは、子供のことだった」

かけがえのない、大切な宝物。

何があっても、失いたくない。

健斗《けんと》君のお父さんは、自分の息子のことを、そのように語っていた。

どうしてこんなことになったのか。

どうして、こんなことになってしまったのか。

どうして。

どうして――。

「ずっと、答えのない問いに悩まされ続けてきた。しかし、箕輪さんが肺の病気で亡くなったのを機に、私たちは、子供のことは忘れようと決めたんだ。そうしなければ、いつまでも辛い気持ちを引きずったまま、残りの人生を生きなくてはならないと思ったからね。私たちがそのような人生を歩むことを、きっと、箕輪さんも望んでいないだろうと、そこでようやく、踏ん切りがついた。この決断は、間違いではなかった。そう、絶対に、間違いなんかではなかった。翔子には子供などいなかったのだと、そう思い込むことで、私たちは、長くて暗いトンネルから、やっと抜け出せたんだ」

笹川さんは、噛みしめるように言った。先ほどのドキュメンタリー映画について、彼は後半の展開に作為的なものを感じると言い、夫が演技をしているのではないか、という意見を述べた。笹川さんと翔子さんも、ずっと演技を続けてきたのかもしれなかった。美琴が二人の姿を見て、こんな風に感心していたのを思い出す。

――素敵な空気感のある二人だったね。

――積み重ねてきた年月の重みっていうかさ、簡単には断ち切れそうもない、強い絆《きずな》を感じたよ。

建物のきしむ音が、また、どこかから聞こえた。その音が、二人の心の悲鳴であるように、僕には感じられた。

「明神さんは、こちらが期待していた以上に、よく働いてくれた。裏表がなくて、親切で、お客さんの立場で物事を考えられる子だった。なるべく長く働いてほしいと、私も翔子も、そう願っていた。彼女がアルバイトに入ってくれたことで、ずいぶんと、楽をさせてもらったよ。彼女の働きぶりや性格を気に入ったお客さんも、たくさんいてね。あの健斗君という男の子も、そのうちの一人だった」

相馬《そうま》健斗君。

近所の小学校に通っている、サッカー少年。

そして、明神みなも。

二人の交流は、健斗君が映画のチケットをなくしてしまったことがきっかけで始まった。健斗君は、ご両親が共働きであるため、夜遅くまで、一人で留守番をしていることが多いらしい。それでも彼は、ご両親のことを好いている。学園祭での彼のはしゃぎぶりから、そのことがよくわかった。

「健斗君は明神さんを慕っていたが、それ以上に、明神さんのほうが、健斗君に入れ込んでいるように、私には見えた。私はそのことをずっと不思議に思っていて、何度か尋ねてみたが、彼女は曖昧《あいまい》に笑って、かわすばかりだった。その理由が、ようやく判明したのが

——」

今年の一月の第二月曜日、だったらしい。つまり、成人の日である。全国的に雪が降っていたその祝日の夕方、笹川さんは、【シアター・クライド】の映写装置のメンテナンスを行っていた。ケーブルのいくつかを交換し、電源を入れ、問題なく動くことを確かめる。明神みなもも映写室にいて、笹川さんの作業を手伝っていた。彼女は、悪天候だから仕方ないとはいえ、健斗君がその日も顔を見せに来なかったことを、ひどく嘆いていたそうだ。そして、二人の間で、次のような会話が交わされた。

——明神さんは、ずいぶんと、不満そうだね。

——そりゃあ、もちろんですよ。だって、寂しいじゃないですか。年が明けてから、まだ、一度しか会っていないんですから。というか、あんまりかまいすぎたせいで、うっとうしいって思われちゃったのかもしれません。だとしたら、要注意ですね、あたし。

——どうしてそんなに、彼のことが気になるんだい？

——そうですね……、彼の置かれている境遇に、色々と、感じ入るところがあるから、でしょうか。まあ、彼の両親は健在ですし、あたしとは、ちょっと事情が違うんですけどね。

——事情が違う？

明神みなもは、そのとき初めて、笹川さんに自分の身の上話をした。彼女が児童養護施設で育ったことを知った笹川さんは、言葉を失った。そんな笹川さんを気遣ってか、明神みなもは、「ここは冷えますし、何か温かい飲み物でも買ってきますね」と言って、映写室を出て行った。

「明神さんは、私が絶句した理由を、思いがけず深刻な話を聞かされたからだ、と考えただろう。しかし、それ以上の理由が、私にはあったんだ。明神さんは、路地の脇で発見されたとき、新聞紙にくるまれていたらしい。そして、翔子の前の男は、彼女から逃げ出す前に、得意げにこう言っていたそうだよ。『あの赤ん坊は、読み終わったスポーツ新聞に包んで、どこかのゴミ捨て場に捨ててやったよ』とね。この符合の意味するところに気づいた私が、どれほど驚いたか、想像できるかい？　ずっと行方のわからなかった子供が、時を経て、偶然にも、母親のもとにたどり着いたんだよ」

同意を求める笹川さんに対し、僕はうなずいてみせる。だが、そうとは限らないのでは、とも思う。翔子さんの子供が捨てられたときの状況と、明神みなもが発見されたときの状況は、なるほど、よく似ている。しかし、詳細な鑑定が行われていない以上、よく似ているというだけで、確かに二人の間に親子関係がある、と証明されたわけではない。とはいえ、笹川さんは、そうは思わなかった。重要なのは、そこである。

「……ほとんど、奇跡のような出来事です。そのことを喜ぶ気持ちは、あなたには、なかったのですか？」

「わからない。そういった気持ちも、ひょっとしたら、多少はあったのかもしれない。だが、はっきりと言えるのは、翔子に子供がいたという事実が、ずっと私たちを苦しめていた、ということだけさ。つまり、そのときの私には、子供など存在しなかったというフィクションのほうが、守るべきものだと思えたんだろうね。気がつくと、私は手ごろな長さのケーブルを握り締めていた。映写室を出て、【シアター・クライド】の扉の陰《かげ》に隠れ、明神さんが戻ってくるのを待った。そして、後ろから彼女を襲った。ケーブルで彼女の首を締め上げたときの感覚は、今でも、この手に残っている」

床に倒れた明神みなもを見て、ようやく我に返った笹川さんは、必死に考えを巡らせた。さて、この死体をどう処理するべきか。【ボニー&クライド】は、まだ営業時間中だ。ならば、どこかに死体を移動させるにせよ、客がいなくなった閉館後のほうがいいだろう。とすると、【シアター・クライド】を一時的に封鎖しておく必要がある。だが、理由はどうする。たとえば、雨漏りがひどく、客を入れられるような状態ではなくなってしまった、というのはどうか。悪くない。幸い、今日は朝から雪が降っている。だから、少なくとも、不自然ではない。しかし、【シアター・クライド】の両扉には、鍵がないのだ。人払いをするために、貼り紙をしておくべきだろう。そうだ、チケットカウンターには、宣伝用のチラシが置かれている。そのチラシの裏に、【立入禁止】とでも書いて、扉に貼り出しておけば……。

笹川さんは、凶器のケーブルをスーツのポケットに忍ばせて、ひとまず、【シアター・クライド】を出た。彼にとっての誤算は、階下に向かったあと、映画の上映が終了したために、【シアター・ボニー】から出てきた客の一人が、戯《たわむ》れに【シアター・クライド】の扉を開けたことだった。その客が明神みなもを発見し、大騒ぎしたために、事が露見してしまったのである。

「ケーブルは、警察が来る前に処分した。警察には、色々と、根掘り葉掘り聞かれたよ。しかし、私たちと明神さんの関係は、非常に良好なものだった。さっきも言っただろう？　彼女は、裏表がなくて、親切で、お客さんの立場で物事を考えられる子だった。私たちは、彼女には、なるべく長く働いてほしいと思っていたんだ。その気持ちを素直に話したら、疑いは晴れた。警察は、こう言い残して、【シアター・クライド】での調査を終えたよ。明神さんは、不幸にも、通り魔の標的になってしまったのだろう。そう考える以外にない。だが、もし、真相解明に役立つようなことを思い出したら、すぐに知らせてほしい、とね。翔子に自分の罪を告白したのは、そのあとだった」

「……翔子さんは、あなたのことを責めなかったのですか？」

「彼女は、今でも私のそばにいる。それが、その質問に対する答えだよ」

【シアター・クライド】の前方に立っていた笹川さんが、ふらつきながらも、こちらに向かって歩き始めた。少し遅れて、翔子さんがそのあとをついていく。僕は座席に腰掛けたまま、二人が両扉を押して廊下に出て行くのを見送った。翔子さんが、僕の横を通り過ぎるときに、こう言った。「わたしは、自分の夫に、人生の全てを捧《ささ》げるつもりでいますから」と。小さくて、か細くて、消え入りそうな声だったけれど、長い間、僕の耳に残った。

【ボニー&クライド】。

それは、この映画館の名前である。

そして、実在した銀行強盗の二人組の名前でもあり、さらにいえば、この二人組を描いた、洋画のタイトルでもある。

その映画の邦題は、【俺たちに明日はない】という。

笹川さんと翔子さんの【明日】に、思いを馳せる。

映画館を出た二人は、これからどこへ向かうのだろう。

二人はもう、平穏な暮らしなど望めない立場の人間になってしまった。

【ボニー&クライド】のような逃亡生活は、そう長くは続かないはずだ。

やがて、僕は座席から立ち上がった。

椅子と椅子の間を歩いて、入口のほうへ向かう。

だが、顔を上げたとき、そこに彼女がいることに気づいて、僕は硬直してしまった。

彼女は、突然あらわれたかと思うと、突然消え、そしてまた、突然あらわれる。

すなわち、明神みなもである。

両扉が開かれたままの【シアター・クライド】の入口に、彼女が立っていた。

「……一体、いつから、ここにいた？」

僕の問いかけに、彼女はゆっくりと首を振った。その仕草だけで、僕にはわかってしまった。彼女もまた、この場で笹川さんの告白を聞いていたのだ、ということに。

僕は壁に手をついた。しかし、自分の体重を支え切れず、そのままずるずると、床に座り込んだ。背中を壁に預けて、大きく息を吐く。

警察の真似事は終わりだ。彼女の顔を見てしまったら、演技など、できるはずがなかった。視界がにじみ、鼻の奥が痛んだ。何度拭っても、涙がとめどなくあふれ出てきた。

彼女にかけるべき言葉を、僕はどうしても、見つけることができなかった。

エピローグ

一週間ほどして、黒澤《くろさわ》さんは、S大の附属病院を退院した。宍戸《しし ど》さんから聞いたところによると、事件の翌々日には、普通に会話ができるくらいには回復していたらしい。しかし、ダメージを受けた場所が頭部であったために、大事を取って、少し経過を見ることになったのだという。

僕はあえて、黒澤さんの見舞いに行くことを控えた。彼女を支えるのは宍戸さんの役目ではないか、と思ったし、それに、二人にはきっと、じっくりと腰を据えて話をする時間が必要だった。明神《みようじん》みなもの事件をきっかけに、ぎこちない関係になってしまったのは事実だが、二人がお互いを想い合っている以上、自分の考えをきちんと言葉にして伝えることさえできれば、必ず、すれ違いは解消されるはずである。そのように感じていたこともあって、十一月の終わりに、キャンパス内で二人が並んで歩いているのを見かけたときは、「ほら、やっぱりな」という気持ちだった。もっとも、宍戸さんと黒澤さんのほうは、少々恥ずかしそうな顔をしていたけれど。

図書館裏の噴水広場に移動し、ベンチに腰掛けて、黒澤さんから話を聞いた。僕の隣に黒澤さんがいて、さらにその隣に宍戸さん、という並びである。食堂で買ったサンドウィッチを、この噴水広場で食べるというのが、ここ最近の僕の習慣だった。

「……そう、確かに私は、笹川《ささがわ》さんと翔子《しょうこ》さんの二人を、映画研究部の部室に案内しました。厳密にいうなら、あの二人は部外者ですが、一年に一度の学園祭でしたし、それくらいは許されるだろう、と考えたんです」

黒澤さんが入院している間に、学園祭は終わりを迎え、キャンパス内の雰囲気は、落ち着いたものになっていた。事件のことは、多少は学生たちの間で話題になったものの、被害者である黒澤さんが無事であったためか、そこまでの騒ぎにはならず、事態はすぐに収束した。

「やはり黒澤さんは、笹川さんと翔子さんのことを、ご存じだったんですね」

「ええ。上映会のチラシ配りをしていたら、声をかけられたんですよ。二人を部室に案内したあと、私はすぐに講堂のほうへ戻るつもりでした。ですが、何となく、引き上げるタイミングを逸してしまって、そのまま、長居することになったんです」

「二人とは、どんな話をしたんですか？」

「そうですね……、大学の講義のことだったり、映画研究部の活動のことだったり、まあ、本当に、ごく普通の、日常的な内容でしたよ。でも、私が【ボニー&クライド】に長らく足を運んでいない、という話題がきっかけで、みなものことに話が及んだとき、何だか、二人の様子が変わったような気がしたんですね。表面上は穏やかなのに、こう、機会をうかがっている、みたいな感じで……」

だからというわけでもないのだが、黒澤さんは、映画研究部の上映会で、来場者の対応をすることになっていると二人に告げ、その場を立ち去ろうとした。すると、椅子《いす》から立ち上がった彼女を、笹川さんが呼び止めた。

「何の脈絡もなく、みなものことを聞かれたんです。あなたは明神さんと、親しい関係にありましたよね。彼女の生い立ちについて、何かご存じではないですか、と」

明神みなもは、児童養護施設で育った。

両親の顔を知らず、中学を出てからずっと、一人暮らしをしていた。

あまりにも突然の質問だったので、黒澤さんは、咄嗟《とっさ》に取り繕うことができなかった。

「いえ、特に何も」とは返したものの、不自然なくらい声が上擦《うわず》っているのが、自分でも、はっきりとわかったそうである。

だったら申し訳ないが、と笹川さんは言ったらしい。これからあなたの身に起こることを、甘んじて受け入れてもらいたい、と。

黒澤さんは、無理やり椅子に座らされた。笹川さんに、肩を突き飛ばされたのである。

身の危険を感じて抵抗はしたものの、男性と女性では、やはり腕力に差があった。いつの間にか、視界の端に翔子さんが立っていて、笹川さんに、何かを渡すのが見えた。その何かというのが、凶器のモンキーレンチだったのだろう。直後に、黒澤さんは、頭に強い衝撃を感じた。

「そのときにわかったんです。そうか、みなもの命を奪ったのは、この人だったんだなって」

「あとのことは、俺が病院で君に話した通りだ。吉岡《よしおか》君と一緒に部室で菜月《なつき》を発見し、彼女を病院に運んだのさ」

宍戸さんはそう言うと、足元に近づいてきた猫に向かって、右手を伸ばした。猫は興味深そうにその手を見つめていたが、宍戸さんが指先を動かすと、さっと茂みの向こうに逃げてしまった。「何だよ、もう」と宍戸さんは舌打ちした。「振られちゃったね、宍戸君」と黒澤さんがからかうように言った。

学園祭のときに、笹川夫妻は黒澤さんに遭遇し、部室に案内されることになったが、それは全くの偶然である。二人の犯行は、その場の思いつきであり、衝動的なものだったのだろう。明神みなものことが話題にのぼらなかったら、黒澤さんは、襲われずにすんでいたかもしれない。警察が笹川夫妻の捜査を開始して一カ月近くが経《た》つけれど、二人の行方は、まだわかっていなかった。ちなみに宍戸さんは、明神みなもの過去について、はっきりとしたことは何も知らなかったそうである。

「宍戸さんは、その、【ボニー&クライド】には……」

「ああ、怖いもの見たさというのかな、先週、一応、様子をうかがいに行ってみたけど、静かなものだったね。あそこは、これから、どうなるんだろうな。どこかの誰かが買い取って、映画館として存在し続けるのか、それとも、老朽化した建物自体が取り壊されて、単なる空き地になってしまうのか――」

「もう、建物の裏の駐車場で、健斗《けんと》君の相手をすることも、なくなってしまいました」

「寂しい限りだね」

「いえ、場所が変わっただけですよ。アパートの近くの運動場に、呼び出されるんです。もう、携帯電話に着信があるたびに、びくびくしていますよ」

「仲がいいなあ、君たちは」

「宍戸さんと黒澤さんは、どうなんですかね?」

僕の言葉に、二人は顔を見合わせた。それからそろって、僕のほうに顔を向けた。その表情は、何だか微笑《ほほえ》ましいくらいに、よく似ていた。

十一月にしては暖かい陽気で、風もほとんどなかった。空を見上げると、雲一つない青色が広がっていた。太陽の光を反射して、高く上がった噴水のしぶきがきらめいた。話してもいいんじゃないかな、と思った。

　こんな日であれば、の話ですよ。受け止めてもらえるんじゃないかな、と考えた。

「たとえば、お二人を結びつけた張本人である明神さんが、僕の隣に立っている、と想像してみてください。彼女が今のお二人の様子を見たとしたら、一体、どんな顔をすると思いますか?」

　僕はそのような質問を投げかけて、宍戸さんと黒澤さんの反応を待った。

　数秒後、二人は同じタイミングで、頬《ほお》を緩めた。

「そう、それが正解です」


　十二月のとある週末に、一度だけ、デートのような時間を、明神みなもと過ごした。デートという表現が、正しいのかどうかはわからない。だが、待ち合わせの場所と時間を決めてそこで会い、都心のほうまで出かけて、色々な店をのぞいたり、公園をぶらぶら散歩したり、といったことを行ったのは事実だ。

　駅前に大手のシネコンがあったので、二人で映画を観《み》た。律儀に大学生二人分のチケットを購入し、僕は最後列の端の席に座った。何の映画を観たのかというと、これがもう、思い出すだけで赤面してしまうほどなのだが、小さな女の子向けの、やたらとカラフルなアニメだった。中学生にしてはずいぶんと幼く見える主人公の女の子が、きらびやかな魔法少女に変身し、世界を恐怖に陥《おとしい》れようとする悪の存在と戦う、というストーリーである。

なぜその映画を観ることになったのかといえば、ひとえに、それが明神みなものリクエストだったからだ。断じて、他に理由はない。おそらく、彼女は本当にその映画を観たかったのではなくて、周りの小さな女の子の観客から奇異の目を向けられる僕の姿に、興味があったのだろう。

しかし、映画の内容は、子供向けであるにもかかわらず、なかなかにシリアスだった。主人公の女の子について、僕は何も知らなかったのだが、何度悪に打ちのめされても立ち上がる彼女を見ているうちに、応援する気持ちが、自然と湧いていた。主人公の女の子が悪の存在を打ち破ったとき、愛と勇気と希望と夢にあふれた世界がそこにあって、僕はうっかり感動してしまった。現実の世界も、そうであったらどんなにいいだろう、と素直に思ったのだ。隣の席の明神みなもも、何だか、予想外に感銘を受けた顔をしていた。彼女は僕に見られていることに気づくと、恥ずかしそうにそっぽを向いた。

明神みなもが、本当の意味でこの世からいなくなってしまったのは、ある春の日の午後のことだった。宍戸さんと黒澤さんの一件が解決したばかりの頃は、毎日、顔を見せに来ていたのに、年が明けると、そのペースが、二日に一度になり、三日に一度になり、やがて、一週間に一度になり……、といった具合に、徐々に間隔があくようになっていった。そのことが何を意味しているのかに気づけないほど、僕は鈍感ではなかった。

ある日の夜、久しぶりに吉岡を誘い、木造アパートの自室で酒盛りをした。いつの間にか眠ってしまったらしく、目が覚めると日付が変わっていて、窓の外の太陽が、かなり高い位置にあった。座布団を枕にして横になっていた吉岡を、僕は慌てて叩き起こした。僕には何の予定もなかったけれど、彼は補講を受けることになっていたからだ。玄関先で彼を見送り、一度、大きく伸びをして、「さて、後片付けでもしますかね」と口に出して言いながら、畳部屋に戻った。すると、窓の近くに、明神みなもが立っているのを発見した。

「ずいぶんと、いいタイミングでの登場だね。何？　もしかして、君が手伝ってくれたりするのかな？」

明るい口調で、わざとそんな軽口を叩いてみた。もちろん、そうではないとわかってはいたのだけれど、言わずにはいられなかった。明神みなもは、慈愛に満ちた微笑みを浮かべると、テーブルの上に置かれていたノートパソコンを指差した。うん、と僕はうなずいた。彼女と同じように、僕も微笑んでみせたつもりだったが、上手《うま》くいったかどうかはわからない。瞬《まばた》きをすると、彼女の姿はもう、そこにはなかった。

座布団の上に正座して、僕はノートパソコンを立ち上げた。

デスクトップに、【森園真広君《もりぞのまひろ》へ】というタイトルの、見慣れないテキストファイルがある。

僕が作成したものではない。

カーソルを合わせて、ダブルクリックした。

それは、明神みなもからの、僕へのメッセージだった。

森園真広君へ

あなたと出会ってから、一年近くが過ぎましたね。

長かったような、短かったような、不思議な気持ちです。

本当に残念だけど、あたしは、もう、行かなくてはなりません。

死者は旅立つ。
生者は見送る。
それがこの世界の、あるべき姿なんだそうです。
ごめんなさい。
あたしは、確かに、幸福ではない死に方をしたかもしれない。
でも、だからといって、自分のことを、かわいそうな人間だとは思っていません。
あなたが、そう思わせてくれたんですよ。
あのとき、あたしのために泣いてくれて、嬉《うれ》しかった。
感謝しています。
心の底から、ありがとう。
他人のために涙を流せるあなたのことを、あたしは、本当に、素敵だと思っています。
だから、自信を持ってください。
あたしは、あなたのもとを去らなければなりません。
だけど、信じているんです。
それでも、信じているんです。
愛と勇気と希望と夢は、この世界にも、あふれているんだって。

明神みなも

しばらくの間、僕はノートパソコンのディスプレイを見つめていたが、部屋の空気を入れ替えることを思いつき、ゆっくりと立ち上がった。

窓を開ける。

大きく。

勢いをつけて。

風が吹き、桜の花びらが、部屋の中に入り込んできた。

そのうちの一枚を、拾い上げてみる。

明神みなものことを、僕はずっと忘れないだろう。

桜の木が、ポップコーンみたいな花を咲かせるたびに、きっと、彼女の笑顔を思い出すに違いない。

※この作品はフィクションです。実在の人物・団体・事件などにはいっさい関係ありません。

集英社オレンジ文庫をお買い上げいただき、ありがとうございます。
ご意見・ご感想をお待ちしております。

● あて先
〒101-8050　東京都千代田区一ツ橋2-5-10
集英社オレンジ文庫編集部 気付
野村行央先生

ポップコーン・ラバーズ

あの日出会った君と僕の四季

集英社
オレンジ文庫

2016年 7月25日　第1刷発行

著　者　野村行央
発行者　鈴木晴彦
発行所　株式会社集英社
〒101-8050東京都千代田区一ツ橋2-5-10
電話【編集部】03-3230-6352
【読者係】03-3230-6080
【販売部】03-3230-6393（書店専用）
印刷所　大日本印刷株式会社

※定価はカバーに表示してあります

ISBN 978-4-08-680095-2 C0193